Les Sisters

La série TV

BAMBOO
Jeunesse

D'après la bande dessinée créée par Cazenove & William.

Cet ouvrage est adapté de la série télévisée produite par Samka Productions et Bamboo Production, coécrite par Tony Scott et Pascal Mirleau et réalisée par Luc Vinciguerra.

290 route des Allogneraies
71850 CHARNAY-lès-MÂCON
Tél. 03 85 34 99 09 - Fax 03 85 34 47 55
Site Web : www.bamboo.fr
E-mail : bamboo@bamboo.fr

Imprimé et relié en Italie
chez STIGE

PREMIÈRE ÉDITION
Dépôt légal : novembre 2020

ISBN : 978-2-8189-7983-9

Loi n°49-956 du 16 juillet 1949
sur les publications destinées à la jeunesse
modifiée par la loi n°2011-525 du 17 mai 2011.

Crise de croissance

Adaptation de
François Vodarzac

d'après le scénario de
Pascal Mirleau & Tony Scott

1 - La robe ou le jean ?

Cela fait déjà plusieurs années que Maman essaie de remporter le prix du plus beau gâteau du quartier dans le concours de pâtisserie organisé par l'association des Voisins gourmands de Pom-les-Bains. Mais rien n'y fait, elle reste toujours aux portes de la finale et la coupe lui échappe encore.

Mais cette année, Maman a une idée géniale. Le jury va être estomaqué et elle pourra enfin lever le trophée tant convoité.

Alors que la rue est déserte, la porte d'entrée de la maison des Sisters s'entrouvre pour laisser se faufiler la silhouette de Maman. À croupetons, elle s'approche du portail et jette un œil pour s'assurer qu'aucun voisin ne passe la tondeuse, ne coupe ses haies ou n'arrose ses plates-bandes. Se camouflant derrière la poubelle, Maman patiente quelques instants pour se donner le courage nécessaire pour accomplir la mission qu'elle s'est fixée.

En poussant le container pour rester cachée, elle s'avance accroupie jusque de l'autre côté de la route. Elle arrête son camouflage de fortune devant le jardin de madame Georgette. Elle s'assure que la vieille voisine n'est pas dans son salon en train de regarder ses sempiternels films d'horreur. Par chance, il n'y a personne pour la voir sortir de sa cachette roulante.

Elle décroche l'appareil photo qu'elle a à sa ceinture et se met à mitrailler le nain de jardin qui trône sur un gros caillou dans le parterre de roses de madame Georgette.

Devant, derrière, dessus, dessous. S'il en avait, Maman prendrait même en photo les poils de nez de ce pauvre nain qui reste impassible.

Une fois qu'elle a rempli la carte mémoire de clichés, Maman traverse une nouvelle fois la route, utilisant le même subterfuge pour que personne ne la remarque. Elle rentre en catimini dans la maison et referme doucement la porte d'entrée.

La voilà prête à se mettre aux fourneaux. Avec toutes ces photos, elle pourra faire le plus beau gâteau de nain de l'histoire de la pâtisserie. Et enfin, elle pourra soulever la coupe. Car voyez-vous, la présidente du jury, cette année, n'est autre que madame Georgette.

Non, ce n'est pas de la triche ! C'est juste un petit arrangement avec le règlement. Et de toute façon, personne ne l'a vue. À part peut-être Astraroth, le chat tigré de madame Lafièvre, celui qui traîne toujours dans les parages à la recherche d'un truc à manger.

Il faudra d'ailleurs qu'elle fasse très attention à son gâteau, sinon ce satané félin saura en faire son festin !

— La robe ou le jean ? Le jean ou la robe ?

Cela fait trois heures que Wendy essaie de trouver la tenue adéquate, mais rien n'y fait, elle est toujours aussi indécise. Malgré les innombrables poses qu'elle prend devant la photo de son amoureux, Maxence ne lui est pas d'une grande aide.

La petite robe bleue n'est pas mal, elle lui fait une belle silhouette. Mais elle ne peut pas mettre le jean de côté comme ça. Alors elle les présente devant elle tour à tour.

— Pff, c'est vraiment trop dur de choisir pour être la plus belle. Hein, Maxou ? Wééé, je sais, la robe fait plus habillée, mais le jean troué, il déchire grave, tu trouves pas ? Je sais que tu le kiffes à mort. Tu crois que je serais méchamment canon avec ? Mouais, peut-être ? Bon alors d'accord, je te fais confiance, mon Maxou !

— À qui tu causes ? intervient Marine qui a passé sa tête dans l'entrebâillement de la porte. Y a qu'une photo devant toi ? T'es devenue débilos ?

Wendy se retourne d'un coup et découvre sa Sister qui entre complètement dans la chambre sans même y être invitée. Ça, normalement, ça vaut pareil qu'une déclaration de guerre. Le temps de poser les fringues sur le lit, et Wendy va sauter sur sa sœur et lui faire passer son plus mauvais quart d'heure de la journée.

Mais Marine ne dit rien de plus pour provoquer sa Sister. Elle ne bouge plus, comme absorbée par ce qu'elle regarde : les fringues de Wendy.

— Qu'est-ce qui te prend, minivirus ?

— Ton… ton jean à trous… il est trop beau, balbutie la gamine avec des yeux ronds, les mêmes qu'elle a quand elle voit un gâteau, des bonbons ou un saladier de crème dessert. Ça fait super grande ! J'en veux un comme ça, moi !

Marine s'imagine déjà la tête que feraient Nath et Loulou lorsqu'elle débarquerait à l'école avec un jean à la mode de maintenant et pas avec les vieilles fringues de quand sa Sister avait sept ans. Elle deviendrait d'un coup la plus populaire de la cour de récréation.

— Ouais, dans tes rêves, la coupe Wendy. Arrête de baver dessus, tu vas le faire rétrécir !

Promis, tu l'auras un jour, mais quand il sera trop petit pour moi !

Avec un geste qu'elle a déjà accompli des milliards de fois, elle pousse sa Sister hors de sa chambre et lui adresse un clin d'œil avant de refermer la porte d'un coup sec.

— Mais c'est dans trop longtemps, se désespère Marine, seule dans le couloir. C'est dans mille ans au moins.

Elle se laisse glisser contre le mur, cherchant un moyen d'accélérer le temps, d'inventer une machine à se propulser dans le futur ou de…

Mais oui ! Ça y est ! La tornade à bouclettes a une idée ! Il faut dire qu'il y en a pas mal qui se bousculent dans cette petite tête blonde.

Marine a cherché un bon moment le jean qui conviendrait le mieux. Toute son armoire y est passée et elle a fini par trouver l'élu. Un jean qu'elle adore et qui est super solide. Un jean qui a déjà connu le bac à sable, le toboggan, le tourniquet, les chutes de skateboard et de rollers, les taches d'encre et de peinture, les coups de crayon et de feutre… bref un jean d'enfant.

La gamine s'assoit sur son lit, le pantalon posé sur ses genoux. Elle sort une grande paire de ciseaux et avec application elle

s'emploie à le découper dans tous les sens. Encore une ou deux découpes et il va vraiment être le plus beau des jeans à trous. Encore plus beau que celui de Wend…

— Gnnnnnnaaaaaaa !

Un bruit d'effort surhumain résonne dans la maison des Sisters.

Marine lâche son travail de styliste et se précipite vers la chambre de Wendy d'où semble s'élever le cri.

Quand Marine y pénètre, elle découvre sa Sister toute rouge, devant le grand miroir sur la porte de son placard. Elle a la respiration bloquée alors qu'elle tente en vain d'entrer dans son jean en se tortillant dans tous les sens.

— Mmphf ! Mmphf ! C'est pas vrai ! Je rentrais dedans les doigts dans le nez, y a même pas deux mois !

Elle n'arrive même pas à l'enfiler entièrement et sautille sur place en reculant jusqu'à basculer en arrière et tomber les fesses sur son lit.

Marine se précipite vers elle, trop contente. Elle toise sa sœur de toute sa hauteur.

— C'est clair, il est devenu beaucoup trop petit pour toi !

— Mais non, je vais y arriver, tu vas voir, grogne sa sœur en prenant une grande inspiration pour rentrer le ventre, les cuisses, les mollets, enfin tout ce qui peut être rentré.

Elle se tortille, mais décidément, rien n'y fait. Rien ne rentre dans ce fichu pantalon.

Wendy se relâche et respire à nouveau, renonçant à enfiler le jean. Marine explose de joie.

— Yeaaaah ! Du coup, c'est cool, tu vas pouvoir me le donner !

Elle se met à bondir comme un kangourou pour laisser déborder sa joie, en faisant le tour de la chambre.

— C'est ça, tu peux toujours courir ! la calme Wendy avec un regard noir.

La gamine s'arrête net. Wendy tient son jean à bout de bras comme un défi à relever.

— Il me reste encore deux jours avant la soirée.

D'un pas décidé, elle enferme son jean dans son placard. Elle met la musique à fond et se met à faire des mouvements mi-danse mi-gymnastique sans faire attention à Marine qui se demande bien ce que peut faire sa Sister à gesticuler comme si elle s'était mis les doigts dans la prise de courant de la salle de bains.

— Je te jure que je vais faire tout ce qu'il faut pour rentrer dedans, explique alors Wendy. Il faut juste que je perde un peu là, là et là.

L'ado désigne ses hanches, ses fesses, ses cuisses tout en continuant de bouger au rythme de la musique.

— T'oublieras pas de perdre là aussi… Et là… Et là encore, lâche Marine en désignant le menton, le ventre et les chevilles de sa sœur, avant de quitter la pièce avec sa tête des mauvais jours.

La gamine vient de perdre une bataille, mais la conquête du jean à trous est encore loin d'être terminée.

2 - Il y a jean à trou et jean à trou !

Adossée au muret devant Nath et Loulou, Marine prend des poses comme les top models sur les magazines.

— Alors, vous me trouvez comment avec un jean de grande. Ça le fait ou pas ?

Dubitatives, les deux copines inspectent le pantalon que Marine a pris soin de découper. Il y a des trous partout et une jambe pend lamentablement sur son pied à cause d'une déchirure bien trop grande.

— Ouais, c'est bizarre, décrète Nath. Je veux dire, c'est pas mal, mais ça rend pas pareil que sur Wendy.

— C'est peut-être la couleur, ajoute Loulou en experte.

— 'Porte quoi ! s'emporte Marine. C'est un jean ! Il est bleu ! La couleur, ça a rien à voir ! Z'y connaissez rien !

Elle est coupée dans son emportement par le souffle d'une joggeuse. C'est Wendy, casque de MP3 sur les oreilles et une bouteille d'eau en main, qui court sur le trottoir.

On dirait les marathoniens à la télé sauf que, elle, elle est toute rouge et tout essoufflée. Elle passe devant les trois gamines sans leur jeter un seul regard, concentrée sur sa course.

Marine sort un chronomètre de sa poche et constate, désespérée :

— Ah, zut de zut ! C'est pas terrible !

— Quoi ? s'inquiètent Nath et Loulou, ne comprenant pas la déception de Marine. Elle court pas assez vite ?

— Pire que ça ! Elle améliore son temps à chaque tour, explique Marine alors que Wendy disparaît au coin de la rue à petites foulées.

Si ça continue, elle va finir par y arriver à entrer dans son jean.

Même si elles sont habituées aux idées saugrenues de leur copine, Nath et Loulou essaient de capter ce qui inquiète tant Marine, et surtout pourquoi elle parle du jean de Wendy, alors qu'elle en a un. Certes, il ne ressemble pas à grand-chose, mais…

Mais elles ne pourront pas en savoir plus, car leur volonté de demander quelques explications est arrêtée net dans son élan par un fumet délicat qui sort de la maison des Sisters par la porte-fenêtre ouverte sur la cuisine.

Les trois gamines ont les narines qui frétillent.

— Mmmh ! se délecte Nath, les yeux fermés. Ça, c'est ta mère qui a fait un gâteau !

Marine a alors les yeux qui s'agrandissent, tout comme son sourire.

— Je savais que je pouvais toujours compter sur Maman ! Venez !

Lorsqu'elles passent leur petite tête dans l'entrebâillement de la porte-fenêtre, Nath, Loulou et Marine constatent qu'elles ne se sont pas trompées. Dans la cuisine, Maman est en train de préparer un énorme gâteau en forme de… nain de jardin ! Appliquée, se reportant sans cesse à des dizaines de photos d'un vrai nain de jardin pris sous toutes les coutures, elle recouvre son gâteau de pâte d'amande colorée. Du rouge pour la salopette, du vert pour la chemise, du bleu pour le bonnet.

Toutes les deux secondes, Maman se recule de la table pour observer sa création. Elle la jauge comme un sculpteur le ferait avec son bloc d'argile. Puis elle retourne à son art, modifiant la position d'un bouton, décalant légèrement une poche.

Les trois gamines sont admiratives. Elles ne se doutaient pas qu'il fallait autant s'appliquer pour faire un gâteau. C'est vrai quoi, c'est si vite mangé, c'est pas la peine d'y passer des heures !

Maman prépare ensuite un énorme saladier de chantilly. Elle bat la crème avec énergie et ajoute juste ce qu'il faut de sucre pour que ce ne soit pas écœurant.

Avec des gestes de pâtissier acquis à force de regarder toutes les émissions culinaires qui sont diffusées à la télévision, Maman applique la chantilly sur son gâteau et affuble le nain de jardin d'une grande paire de moustaches et d'une belle barbe.

— Vous savez, les filles, s'écrie soudain Marine. C'est une super idée ce gâteau !

Dans la tête de la gamine, un plan est en train de germer. Si, tel un ogre de conte de fées, Wendy dévore des tonnes de gâteaux, elle va enfler, enfler et enfler encore, presque comme la grenouille qui veut devenir plus grosse que le bœuf. Elle ressemblera vite à une baudruche et, même si elle y met toute la volonté du monde, elle ne pourra jamais attacher les boutons de son pantalon.

Et alors, qui pourra récupérer le fabuleux jean à trous ?

Nath et Loulou regardent Marine avec des yeux ronds, ne comprenant toujours rien à ce qui se trame à l'intérieur de ce petit crâne blond.

— Wendy n'a jamais su résister longtemps, de toute façon ! Venez !

Alors, comme tout à l'heure, sans comprendre et sans rien demander, Nath et Loulou exécutent l'ordre de Marine.

3 - Pas touche à mon nain !

Si Nath et Loulou traînaient des pieds à mettre en place le plan de Marine, vu qu'elle refusait de leur en dévoiler les détails, la blondinette leur a promis qu'elles pourraient lécher la cuillère de chantilly. Du coup, maintenant, les deux copines prêtent volontiers main-forte à Marine. Même si elles ignorent ce qu'elles vont devoir faire, elles se doutent bien que c'est pour embêter Wendy. Et ça, ça leur va pas mal.

Mais avant d'entrer dans la cuisine, un éclair de lucidité pousse Loulou à retenir Marine par la manche.

— Eh oh ! s'insurge la tornade à bouclettes. Dans une mission comme ça, on touche pas la générale des nopérations ! Ça peut mettre tout en péril et à cause de toi, y a des ninnocents qui peuvent mourir et…

— Et ta mère, là-bas, tu crois qu'elle va rien dire pour les trous ? susurre Loulou en montrant à la générale des armées son uniforme tout découpé à grands coups de ciseaux.

Marine s'arrête et jette un coup d'œil dans la cuisine. Heureusement, sa mère ne l'a pas encore remarquée, concentrée à donner des couleurs aux joues de son nain avec un jus de fraise dilué dans un peu de sucre.

— Soldat Loulou, fait alors Marine en bombant le torse. Vous venez de sauver une mission en péril. Grâce à vous, des ninnocents vont pouvoir vivre et...

— Bon, on y va ? la coupe sèchement Nath. Sinon, ta mère va faire la vaisselle et on pourra pas lécher la chantilly !

Subrepticement, Marine attrape un torchon. Elle s'en drape comme d'une jupe pour cacher son jean troué, puis à la manière d'un général romain flanqué de ses deux centurions, elle entre dans la cuisine.

— Coucou, les filles ! s'exclame Maman.

Elle essuie ses doigts pleins de sirop et jauge une nouvelle fois son nain pâtissier. Puis, remarquant l'accoutrement bizarre de sa fille, elle l'interroge :

— C'est une nouvelle mode, Marine ?

— Oui… Enfin non… tu vois quoi… explique (pas très) clairement Marine.

— Pas vraiment, tente de comprendre Maman.

— Il reste de la crème chantilly à lécher ? s'écrie soudain la blondinette pour changer de sujet.

Avec un grand sourire, Maman sort trois cuillères d'un tiroir et les tend aux gourmandes.

— Allez-y ! Régalez-vous !

Armées de leur ustensile, Marine, Nath et Loulou se ruent sur le saladier de crème.

— Krô bon ! se délecte Marine.

— Un délice, fait Loulou en se léchant les babines.

— Vous devriez faire des concours, madame, ajoute Nath en experte.

— Mais elle en fait plein tout le temps, dit Marine en engouffrant une cuillère pleine à ras bord.

— Oui, et cette œuvre-là est le futur premier prix du prochain concours de « Miss Pâtisserie de Pom-les-Bains », annonce fièrement Maman.

— N'empêche qu'il ressemble vachement au nain de madame Georgette, ton nain, Maman ! la félicite Marine en approchant sa cuillère du bonnet du gâteau.

— C'est fait pour, Marine. Madame Georgette est la présidente du jury. Alors j'ai essayé de trouver une idée qui lui ferait plaisir. Vous voyez, les filles, ça fait tellement longtemps que je rêve de gagner ce prix qu'il faut que je mette toutes les chances de mon côté. Et donc…

Elle barre l'accès au gâteau avec son corps.

— … pas question d'y goûter avant demain ! C'est compris !

Retirant promptement sa cuillère, la gourmande à bouclettes blondes bat en retraite.

Maman a ses yeux qui disent qu'elle n'a pas l'intention de changer d'avis. Pourtant, il faut qu'elle cède pour que Wendy puisse s'empiffrer de gâteau. Car si elle joue admirablement la gourmandise, ce qui intéresse Marine, ce n'est pas le nain pâtissier. Non non, c'est le jean de Wendy qui lui fait envie. Et la pâtisserie n'est qu'un moyen de l'obtenir.

— Mais Maman ! Demain ? On va jamais tenir ! tente une nouvelle fois Marine.

— Désolée, mais il va falloir apprendre à patienter, rétorque Maman en s'emparant du nain pour le mettre dans le réfrigérateur.

Marine s'apprête à utiliser une nouvelle ruse pour faire plier Maman, mais Wendy l'en empêche, car elle vient d'entrer dans la cuisine, rouge, essoufflée et en sueur. Elle pose sa bouteille d'eau sur la table sans même jeter un œil aux multiples ingrédients et ustensiles qui attendent d'être rangés après des heures de travail.

— Mais Maman, y a plus de crème chantilly ! La pauvre Wendy en a même pas eu ! Tu peux pas la priver de sucreries, ma pauvre Sister !

Mais Maman n'a pas l'intention de rouvrir la porte du réfrigérateur. Elle y colle même un panneau « Interdiction d'y toucher ». Le nain est maintenant en sécurité.

— Franchement, Maman, tente une nouvelle fois Marine. C'est

pas bien de faire des différences entre tes deux filles.

— T'inquiète pas pour moi, Marinou, sourit Wendy en adressant un clin d'œil à sa sœur. À partir de maintenant, c'est terminé pour moi, les cochonneries sucrées. Je fais attention à ma ligne.

Et joignant le geste à la parole, elle s'empare d'une pomme sur le plan de travail derrière elle et la croque à pleines dents.

— C'est bon pour la santé de manger sain et dié-té-tique ! Allez, maintenant, un petit peu de stretching, hop hop hop !

Elle adresse un nouveau clin d'œil à Marine et sort de la cuisine pour une nouvelle séance d'effort.

Marine est désespérée de ne pas

avoir pu goinfrer sa sœur de gâteau pour lui faire prendre dix kilos en cinq minutes.

— Des tétiques ?! Je vais lui en faire manger, moi, des tétiques ! Et mon jean à trous, elle y pense ou quoi ?

4 - Sourde au chocolat

Wendy n'a pas perdu de temps. Lorsque Marine la rejoint au salon, après avoir raccompagné ses deux copines jusqu'au portail, l'adolescente est déjà en pleine séance de stretching. Casque rivé sur les oreilles, son téléphone posé à côté d'elle diffusant sa musique à fond, elle enchaîne les mouvements sur son tapis de sol : étirements des cuisses, pompes, ciseaux, abdos… et elle recommence !

Même si elle y met toute la volonté du monde, après la gym tonique, le renforcement musculaire et les vingt tours de quartier, Wendy n'est pas une surfille. L'épuisement finit par l'envahir et elle s'assoit à même la moquette pour prendre trente secondes de repos, prête à s'y remettre dès qu'elle aura repris son souffle.

Mais la fatigue l'en empêche. Elle s'endort comme une souche, le casque de travers.

Sentant que le vent tourne pour elle et qu'elle va enfin pouvoir œuvrer sérieusement à la récupération du jean à trous, Marine s'approche de sa Sister. Elle repose avec des gestes très précis le casque sur les oreilles de Wendy. Puis elle attrape le téléphone portable coincé sous la main de sa sœur et compose un numéro. Une demi-sonnerie plus tard, comme s'il n'attendait que cet appel, Maxence décroche à l'autre bout de Pom-les-Bains.

— Wendy ?

— Eh non, perdu, chuchote la blondinette.

— Marine ? Eh ! Si ta sœur apprend que tu lui as piqué son portable, tu risques de…

Marine l'interrompt.

— Ferme ta bouche, Maxence ! Je t'appelle pour un truc hyper méga trop grave !

Du coup, Maxence la boucle.

— C'est Wendy… regarde, renchérit Marine.

Elle enclenche la vidéo et balade le téléphone au plus proche du visage de sa Sister, qui dort bouche ouverte, lâchant des ronflements de dragon. Des fils de bave se baladent un peu partout dans sa bouche, vibrant comme des cordes de guitare au fur et à mesure de sa respiration lente.

— Y a pas moyen de la réveiller, annonce Marine, feignant le désespoir de la situation.

Et comme pour prouver ce qu'elle dit à Maxence, elle se met à sauter sur le canapé, mais la grande ne bronche pas.

— Maman dit que c'est parce qu'elle manque de magnésium, explique alors la gamine en tournant le téléphone vers elle pour que Maxou puisse la voir. C'est à cause de l'adonnaissance et des changements de normonaux !

Maxence tente d'assimiler tous ces éléments expliquant le sommeil subit et profond de sa princesse, mais il a bien du mal à suivre la gamine.

— Ouais, tu vois, elle est tellement fatiguée que dès qu'elle fait un truc… paf, elle s'endort direct, continue Marine, en en rajoutant un max dans le catastrophisme.

— Ah ouais, quand même, ça craint, ça !

— Mais t'inquiète ! Maman, elle est ninfirmière, tu sais bien ! Et elle dit que si elle mange beaucoup de magnésium, elle ira mieux.

— Du magnésium, mais tu crois que j'en ai dans mon frigo, moi ! Je sais même pas où ça se trouve ni même à quoi ça ressemble.

— Moi si, annonce Marine, triomphante. Y en a tout plein dans le cho-co-lat ! Alors si tu veux pas qu'elle s'endorme pendant votre soirée, tu sais ce qu'il te reste à faire !

Sans attendre la réponse de Maxence, elle raccroche, un énorme sourire imprimé sur sa petite bouille blonde. Si avec ça, Maxou ne rapplique pas avec tout le stock de chocolat de Pom-les-Bains, eh bien elle n'est plus la reine des manipulatrices. Une fois que Wendy aura tout englouti, pas la peine qu'elle espère remettre une seule cuisse dans son jean. Et alors qui pourra enfin le récupérer ? Hein ?

Derrière la haie qui borde la rue, Marine fait le guet. Mais elle n'a pas à attendre très longtemps, car très vite, elle voit Maxence arriver les bras chargés d'énormes boîtes de chocolat.

Essayant de ne rien renverser, il ouvre le portail et, avec beaucoup de difficultés, il gravit les trois marches jusqu'au perron, puis sonne à la porte.

Cachée derrière un pilier, Marine se prépare à savourer sa victoire ultime et voir sa Sister se jeter sur les chocolats comme une hyène sur une carcasse de gazelle.

Encore tout ensommeillée, Wendy passe la tête dans l'entrebâillement.

— Mmpf gné oi ? demande-t-elle la voix chargée des restes de sa sieste.

— Euh, salut Wend' ! Tiens, regarde ce que je t'ai apporté…

Il tend sous le nez de sa chérie la pile de boîtes de chocolat.

Wendy reste surprise un instant. Puis, elle repousse la surprise d'une main.

— Euh, t'es super mignon, mon Maxou d'amour. Mais t'es pas au courant ? Je fais une pause sur le chocolat en ce moment.

— Ah ? Euh… mais… c'est… bafouille le jeune ado déçu que son cadeau ne fasse pas plaisir à sa chérie. C'est… ta Sister… Elle m'a dit que t'avais besoin de…

— Ma Sister ? Ben voyons, s'emporte Wendy, maintenant complètement réveillée.

Son regard glisse sur le côté et elle aperçoit des bouclettes blondes qui se ratatinent derrière un pilier. Elle leur jette un regard froid, puis en reprend un plus enjôleur pour son Maxou.

— Tu pourras lui dire, à ma Sister, que j'ai bien l'intention de le mettre, mon jean à trous ! Et de le mettre encore LONGTEMPS !!! Alors voilà, pas de chocolat ! Compris ?

Elle referme violemment la porte au nez de Maxence, le laissant seul avec toutes ses boîtes. Bien que ne voyant pas très bien ce qu'un pantalon, même déchiré, a à voir avec le magnésium et la fatigue de Wendy, il repart, emportant ses paquets et l'image de Wendy dans son jean troué. Parce que c'est vrai qu'il lui va trop bien.

Cachée derrière son pilier, Marine enrage. Elle n'a jamais vu sa sœur faire preuve d'une telle volonté. On dirait Super Wendy. Mais Marine est tenace. Okay, il va falloir qu'elle mette les bouchées doubles pour récupérer le jean, qu'elle utilise les grands moyens.

Mais ça, elle sait faire.

Alors, plus déterminée que jamais, elle s'élance vers la maison.

5 - Un goûter des tétiques

En entrant dans le salon, elle se trouve nez à nez avec sa grande Sister qui l'attend avec les bras croisés et une mine de pas contente du tout.

— Que ce soit bien clair, boulet, grogne la grande sans laisser à la petite le temps de réagir, je te le donnerai jamais ! JA-MAIS !

— Pitié ! Pitié ! Pitié ! surjoue alors Marine, implorant sa sœur parce que les yeux pleins de larmes, ça marche toujours avec Wendy.

Il est vraiment krô beau, ce jean ! Donne-le-moi, donne-le-moi !

Mais cette fois, Wendy a dans le regard ce quelque chose qui dit que rien ne la fera changer d'avis.

Jamais à court d'idées, Marine joue le tout pour le tout. Elle fonce vers la cuisine et ouvre le placard où Wendy a rangé sa nourriture diététique. Elle en sort tout un tas de produits qu'elle apporte à sa sœur.

— Tiens, ma Sister d'amour ! Pour me faire pardonner ! Tu veux quoi pour ton goûter ? Un lait de soja ? Des radis ? Une courgette bio ? C'est bon, ça fait pas grossir ! Et si tu veux, tu peux prendre un fruit. Tu peux en manger cinq par jour, c'est le docteur de la télé qui le dit.

Elle met les aliments sous le nez de Wendy qui plisse les yeux, suspicieuse en voyant l'air repenti, mais pas du tout habituel, de sa Sister.

— C'est quoi, cette crise de gentillesse tout à coup ? Tu mijotes un truc, toi !

— Mais pas du tout… J'ai pas le droit de te faire plaisir ?

Wendy prend alors avec précaution un radis et le croque du bout des dents… qu'elle recrache aussitôt.

— Pouah ! C'est plein de poivre !

La bouche en feu, elle se rue sur la bouteille de lait de soja pour l'engloutir. Immédiatement, elle sent un brasier de tous les diables lui dévorer l'estomac. Ça la chauffe tellement qu'elle est obligée de tenter d'éteindre l'incendie en avalant des litres et des litres d'eau directement sous le robinet de la cuisine.

— Ben quoi ? T'aimes pas la sauce au piment de squelette non plus, s'amuse Marine.

Elle n'est pas peu fière de son stratagème. En abîmant tous les produits « pur régime » de sa sœur avec du poivre, de la moutarde, du piment d'Espelette, elle s'est assurée que Wendy ne pourra plus rien manger de diététique et qu'elle sera obligée de se rabattre sur des choses grasses et sucrées. Comme ça, elle prendra du poids et elle ne pourra pas rentrer dans son jean à trous ! Ah, ça turbine fort dans la tête de Marine ! Et quand elle dit qu'elle est prête à tout pour avoir ce qu'elle veut, ce n'est pas des paroles en l'air !

Alors que Wendy en est à son troisième litre d'eau fraîche, Marine met à exécution la dernière partie de son plan.

Elle monte sur une chaise et sort d'un placard du ketchup, de la pâte à tartiner, des chips, des beignets au chocolat, des cornichons, de la pizza, du soda... Elle dépose le tout avec application sur un plateau qu'elle emporte au salon.

Elle s'installe dans le canapé et commence à se goinfrer en faisant beaucoup de bruit pour bien montrer à sa sœur qu'elle se régale et que tous ces aliments saturés de graisses et de sucres, eh bien, c'est quand même vachement krô bon !

Mais a priori, Wendy n'a pas envie d'y goûter. Quand elle surgit à son tour dans le salon, ce dont elle a envie, c'est de fumer sa Sister.

— T'as saboté ma nourriture ? Je vais te refaire la couenne, tu vas voir !

Elle s'approche de sa sœur avec la ferme intention de l'étrangler. C'est alors qu'elle voit Marine croquer dans une chips particulièrement croustillante avec un sourire délicieusement provocateur.

Wendy stoppe net son mouvement et ouvre des yeux ronds. La chips a l'air quand même sacrément délicieuse. Et la deuxième que Marine est en train de déguster sous son nez l'est tout autant.

Une goutte de sueur perle sur le front de Wendy. Il ne faut pas qu'elle craque. Si elle se jette sur les chips, tout ce qu'elle a fait pour pouvoir enfiler son jean sera perdu. Mais quand même, la pizza que Marine avale maintenant à petites bouchées fait vachement trop envie. Et une part de pizza, c'est rien du tout, surtout avec ces jolis fils de fromage fondu et ses petits morceaux de jambon croustillants.

Ça peut pas lui faire de mal, ni la faire grossir. Allez, une part. Juste une part.

Eh bien non, une part, ce sera une part de trop !

— Rêve pas, punaise ! Je vais pas craquer ! siffle Wendy en détournant le regard des aliments hyper caloriques.

Pourtant, son ventre n'a pas l'air du tout de cet avis. Il grogne, il tremble et lui fait savoir que lui, il serait bien content de se remplir avec tout ce qu'il y a sur le plateau.

— Mais on dirait qu'elle a krô krô faim, ma Sister adorée, sourit Marine en engouffrant une grande chips, les meilleures, sur laquelle elle a fait couler une rasade de ketchup.

— Carrément pas… Laisse tomber !

Sans se défaire de son sourire ironique, Marine verse dans un verre un soda orange giga pétillant. Les bulles font un bruit délicieux aux oreilles de Wendy. C'est vrai que c'est rudement bon, ces sodas hyper sucrés. D'ailleurs, Marine s'en régale, puis elle engloutit trois gros beignets au chocolat, surjouant la délectation.

— Qui c'est qui va craquer pour de la bonne nourriture bien grasse et pas du tout saine ?

— Mgnblblblbl… résiste encore un peu Wendy.

Mais la tentation est trop forte et, mécaniquement, sa main s'empare d'une part de pizza. L'eau à la bouche, l'ado abandonne toutes ces bonnes résolutions de sport et de régime. Elle recouvre la pizza de camembert et de ketchup. Elle y ajoute quelques cornichons et une grosse cuillère de pâte à tartiner.

Marine jubile. Elle a gagné. Dès que Wendy aura mis tout ça dans sa bouche, elle va prendre trois millions de calories avant même d'avoir avalé quoi que ce soit. Là, c'est sûr, elle ne va plus entrer dans son jean. Il va même falloir que Maman lui fasse un pantalon avec la toile de tente qui est dans le garage !

Mais le regard de Wendy se fait soudain malicieux. Et ça, c'est pas du tout normal. C'est pas comme ça qu'on doit regarder

une part de pizza. On doit avoir de l'eau qui coule de la bouche et on doit fermer les yeux tellement c'est krô bon. Non, là, dans les yeux de Wendy, il y a ce qu'il y a toujours quand elle regarde Marine : une envie de vengeance.

— Tu crois vraiment que je suis un être faible, boulet ?

— Hein ?

Et hop, d'un geste ferme et violent, Wendy enfourne le casse-croûte mégacalorique dans la bouche de sa petite Sister.

— Tiens ! Bon appétit !

BURP ! Marine fait une drôle de tête, la bouche pleine de nourriture. Elle mâche la mixture avec beaucoup de difficulté et finit par l'avaler.

Finalement, ce n'est pas du tout bon. C'est même franchement dégueu. C'est gras au possible, c'est écœurant et ça donne envie de…

— Pousse-toi, gémit Marine toute verte. J'vais vomir !

Elle se lève en se tenant le ventre et court à toute vitesse en direction des toilettes sous les yeux de sa sœur qui se réjouit. L'ado lève les bras vers le ciel comme un sportif qui vient de remporter une médaille d'or aux JO.

— Yes ! YES ! YEEEEES ! J'ai pas craqué ! Je suis la meilleure ! Et ça, c'est parce que j'ai un mental d'acier !!!

Pour se rassurer que tous ses efforts n'ont pas été vains, et parce qu'une seconde victoire serait vraiment trop bien, Wendy court dans la salle de bains. Elle sort le pèse-personne du placard. Elle grimpe dessus et regarde l'aiguille osciller puis s'immobiliser.

L'ado se met à pousser des cris de joie, alors que sa petite Sister sort pour la huitième fois des toilettes, la mine toujours aussi verte et malade.

— Yihaaaa ! fait Wendy en dansant sur place. 23 grammes ! 23 grammes, tu te rends compte, boulet ! J'ai perdu 23 grammes !

— Ouais, c'est génial ! glapit Marine. Ça m'écœure, tiens !

Et elle se précipite une neuvième fois pour se pencher sur la cuvette des toilettes.

6 - Mission "nain"-cturne

Quand Marine a une idée entre les deux oreilles, il est très difficile de la lui faire abandonner. C'est presque mission impossible. Surtout quand c'est aux dépens de sa Sister. Pendant les longues heures qu'a duré son mal de ventre causé par le trop-plein de calories, elle a eu le temps de réfléchir et de mettre sur pied un nouveau plan qui lui permettra de récupérer le jean à trous de Wendy pour de bon et pour toujours.

Alors que toute la maison dort depuis un bon moment, Marine sort discrètement de sa chambre en pyjama. Elle avance en catimini dans le couloir et se glisse dans la chambre de sa Sister.

Wendy dort à poings fermés et récupère de sa journée de sport intensif. À pas de loup, la blondinette s'approche de l'ado et commence à lui chuchoter à l'oreille en prenant une voix d'ado qui mue.

— Wendy ? Wendy, c'est moi, Maxence.

Wendy sourit dans son sommeil. Elle adore entendre son chéri dans ses rêves.

— Tu sais que t'es trop belle dans ton jean à trous, poursuit Marine en imitant Maxou.

— Oui… je… sais… balbutie Wendy toujours dans les bras de Morphée.

Dans son rêve, elle doit sûrement s'imaginer en train de défiler avec son jean devant Maxence, comme les mannequins de la télé.

— Mais tu serais encore plus belle si tu mangeais de la bonne crème chantilly de ta maman, glisse tout doucement, et l'air de rien, Marine dans le creux de l'oreille de sa sœur.

Dans le rêve de Wendy, Maxence se transforme alors en un énorme bol de crème chantilly bien appétissante.

Marine se retient de rire en voyant sa sœur se passer la langue sur les lèvres. Elle entend même son ventre émettre un grognement.

— Et le gâteau de ta maman ? enchaîne-t-elle, parce que c'est là qu'elle veut en venir. Il est tellement bon que tu pourrais le manger en entier…

De l'autre côté des paupières fermées de Wendy, le bol de crème chantilly devient par la simple magie du rêve un nain de jardin géant en pâte d'amande qu'elle gravit pour le dévorer.

Les rêves sont parfois si puissants qu'ils se mettent à déborder sur la réalité. C'est ce qui arrive à Wendy. Alors, elle ne peut plus résister !

Marine voit sa Sister, toujours plongée dans son sommeil, se lever et prendre la direction de la cuisine. La gamine laisse échapper un petit rire et se lance à la poursuite de sa somnambule de sœur. Elle ne veut pas perdre une miette du spectacle de sa Sister se goinfrant de gâteau et emmagasinant les calories.

Dans la pénombre de la cuisine, elle voit Wendy s'approcher du frigo. Quand elle en ouvre la porte, le nain de jardin en pâtisserie de Maman apparaît nimbé d'une lumière divine. On entendrait presque chanter les anges tellement il est beau.

Toujours profondément endormie, Wendy s'empare du nain et l'attaque à grands coups de mâchoire. Elle fait les mêmes bruits que Darwin, le chien de Maminou et Papinou, quand il dévore la pâtée dans sa gamelle.

Sans perdre une seconde ni une seule miette, Wendy mange, mange et mange encore. Jusqu'à ce que Marine allume la lumière de la cuisine.

— Ah Wendy, c'est toi ? Tu m'as fait une de ces peurs, surjoue la blondinette en faisant semblant d'avoir été réveillée par le bruit.

Wendy émerge de son rêve en sursaut et se découvre en pyjama devant le frigo, un nain de jardin en pâte d'amande bien entamé dans les bras et une bouche pleine de gâteau.

— Ah mais… tu manges le gâteau de Maman, continue Marine sur le même ton. Celui qu'elle voulait pas qu'on touche du tout ?

L'air de ne pas y avoir goûté, Wendy repose le nain tout croqué dans le frigo et referme la porte délicatement. C'est alors qu'elle découvre l'énorme panneau « Interdiction » collé par Maman. Ça sent la dispute, la punition et les remontrances pendant des jours et des jours…

— Mais je… je… comment j'ai pu faire un truc pareil ?

— Whaaa, je t'esplique pas la tête que va faire Maman… renchérit Marine, avant d'ajouter : … si je te dénonce !

— Tu ferais pas ça ? implore alors Wendy. Hein, ma petite sœur chérie ? Tu pourrais pas ?

— Ben je vais me gêner, tiens !

L'étendue du désastre est gigantesque. Quand Maman va s'apercevoir qu'elle s'est fait un festin du nain de jardin du concours de pâtisserie, elle va être punie pour des

semaines et des semaines. Maman ne rigole jamais quand il s'agit de pâtisserie, et elle rigole encore moins quand il s'agit d'un concours qu'elle espère remporter.

— Écoute, propose alors Marine, sûre de son coup. Si je t'aide à cacher ta bêtise, tu me files ton jean à trous. D'accord ?

— Grrr… T'es dure en affaire, microbes, mais est-ce que j'ai le choix ?

— Pas trop, non !

Wendy lève la main pour marquer le deal, mais Marine la stoppe net.

— Vomi craché ?

— Vomi craché, soupire Wendy en tapant dans la main de sa Sister.

Dans la nuit calme de Pom-les-Bains, Astraroth, le chat tigré de madame Lafièvre a passé de longues heures à chasser les souris. Mais si Pom-les-Bains est une jolie ville, il faut se rendre à l'évidence, en matière de souris, c'est plutôt calme. C'est donc le ventre creux que le félin déambule dans les rues désertes.

Quand soudain il assiste à un spectacle peu commun, même pour un chat. Deux silhouettes sortent d'une maison en faisant très attention de ne pas se faire remarquer. Mais on ne lui fait pas, à lui, Astraroth, le chasseur le plus célèbre du quartier si seulement il y avait des souris. Il grimpe dans un arbre pour ne rien louper de ce qui se joue sous ses coussinets.

Deux petites filles, une blonde et une brune, se cachent derrière une grosse poubelle à roulettes. Un coup d'œil à droite, un coup d'œil à gauche et elles poussent le container qui leur sert de cachette en direction de la maison de la grosse dame aux cheveux violets, celle qui n'est pas très gentille, car elle ne lui donne jamais rien, à part des coups de pied, quand il vient miauler sous ses fenêtres.

Avec autant de précaution et de discrétion que lors de leurs déplacements, les deux fillettes arrachent le nain de jardin qui trône sur sa fontaine en pierre et retournent à toute vitesse vers la maison d'en face, toujours camouflées derrière leur poubelle à roulettes.

Si on le lui demande, un jour, Astraroth jurera qu'il n'a rien vu de louche cette nuit-là. Car entre créatures de la nuit, un peu chapardeuses en plus, on se doit de se protéger. C'est ça, la loi de la rue !

7 - Nessayage

Dans la cuisine des Sisters, Wendy achève de tartiner le nain de jardin de madame Georgette avec ce qui reste du gâteau qu'elle a largement entamé. Elle l'installe sur le plateau et contemple son travail. C'est pas mal, mais il manque un truc…

— Crème à raser de Papa ! annonce fièrement Marine en entrant dans la cuisine avec une bombe de crème. Comme y a plus de chantilly, ça fera l'affaire pour le camouflage !

Mais oui, voilà !

Wendy attrape la bombe et recrée la barbe et les moustaches du nain avec la crème à raser. Une fois terminé, les deux filles reposent le nain dans le frigo. Bon, il est moins beau que celui de Maman, mais il devrait faire illusion.

— Vite, au lit maintenant, dit Wendy en refermant la porte du réfrigérateur avant d'aller se coucher.

— Minute papillon, fait Marine en lui barrant le passage. Mon jean à trous ! Maintenant et tout de suite ! Je connais trop les grandes Sisters trahisseuses qui tiennent pas leurs promesses !

— Okay, okay ! Allez, viens ! cède Wendy.

Excitée comme une puce, Marine suit sa sœur jusqu'à sa chambre. À contrecœur, l'ado lui tend le jean tant convoité. La blondinette se dépêche de l'enfiler par-dessus son pyjama. Lorsque, tout à coup, Wendy éclate de rire.

— Quoi ? Qu'est-ce qu'il y a ? demande Marine, vexée.

Elle baisse la tête et s'aperçoit que le jean est dix fois trop long et deux fois trop large pour elle.

— Va falloir grandir encore un peu, la morpionne !

Déçue d'avoir tant œuvré pour une fringue qui ne lui va pas du tout, Marine se débarrasse du jean en faisant une grimace à sa sœur.

— Mais j'y pense… j'ai perdu 23 grammes ! s'écrie Wendy. Et j'ai mangé QUE la moitié du nain ! Peut-être que… avec un peu de chance…

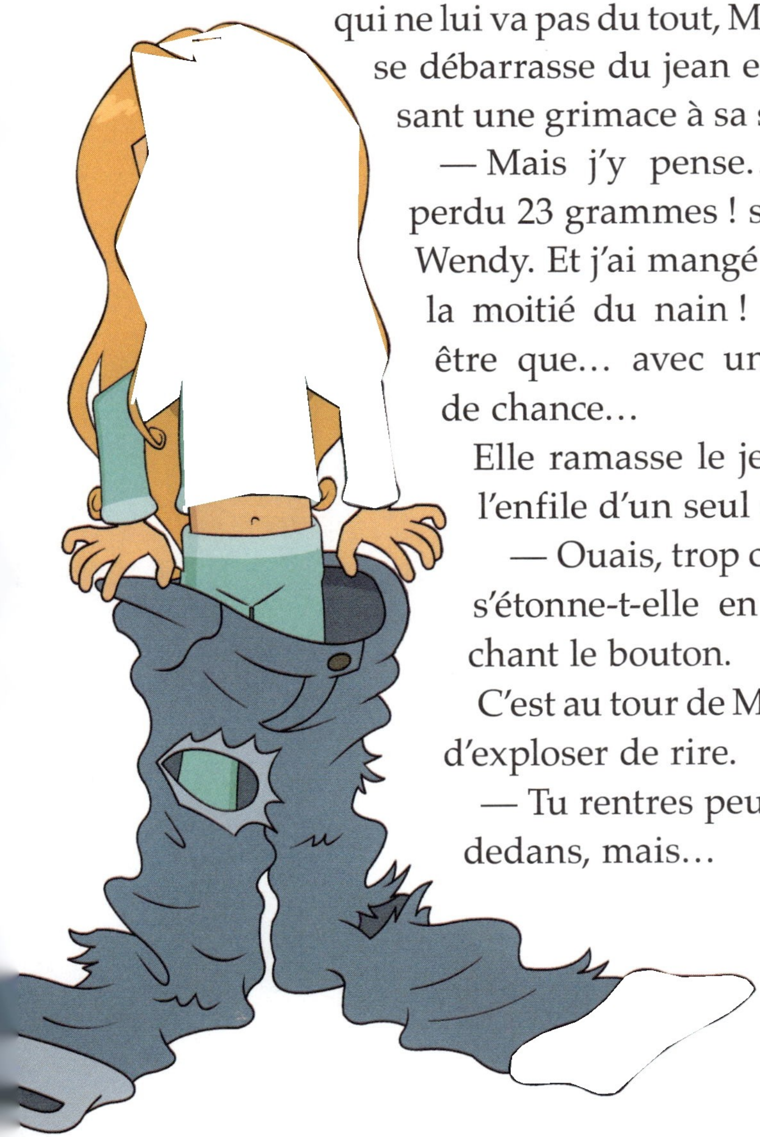

Elle ramasse le jean et l'enfile d'un seul coup.

— Ouais, trop cool… s'étonne-t-elle en attachant le bouton.

C'est au tour de Marine d'exploser de rire.

— Tu rentres peut-être dedans, mais…

Wendy baisse la tête et ne peut que constater ce qui fait rire Marine. Son cher jean à trous est beaucoup, mais beaucoup trop court.

— Ah ah ah ! La nullos du cerveau ! En vrai, t'avais pas grossi, t'avais juste grandi !

— Rho, la lose ! se désespère Wendy en tombant à genoux sur le sol.

— Allez, sois pas triste, la réconforte Marine, qui a soudain une idée. C'est pas du tout grave. T'as qu'à demander à Maman de t'en racheter un autre. Elle dira forcément oui, puisque celui-là te va plus.

Le regard de Wendy s'éclaire.

— Mais oui, t'as raison, minivirus. Je vais lui demander de m'acheter un jean encore plus classe. J'en ai vu un bleu clair trop chou. Finalement, c'est pas mal de grandir. Hein, Marine ? Vive la croissance !!!

Au matin, à la table du petit déjeuner, la tornade à bouclettes s'empiffre de croissants, de tartines à la confiture, de céréales. Même si elle a déjà la bouche pleine, elle n'hésite pas à enfourner une nouvelle cuillère pleine à ras bord.

— Doucement, Marine, dit Papa en se préparant une tasse de café. Tu vas éclater si tu continues !

— Attends, attends, je sens que je grandis à vue de nœil, là !

Elle reprend un autre croissant qu'elle dévore en deux bouchées et demie.

De l'autre côté de la baie vitrée, elle aperçoit soudain la voiture de Maman qui se gare dans l'allée, sonnant ainsi la fin de son petit déjeuner gargantuesque.

— Les voilà, vite ! s'écrie-t-elle en s'élançant vers la porte d'entrée pour accueillir Maman et Wendy qui reviennent du grand magasin.

Wendy porte un tout nouveau jean plein de trous, absolument splendide. Devant le regard envieux de sa petite sœur, l'ado prend des poses de star.

— Whaaa ! dit la petite. T'es trop belle ! Il te va encore mieux que l'autre.

— Ouais, je sais. Avec ça, tous les invités de la soirée vont dire…

— Aïe aïe ouille ! Whahaaaaaa ! hurle alors Papa.

Maman et les Sisters se précipitent dans la cuisine et découvrent Papa qui se tient la mâchoire. Il vient de se casser trois dents sur le faux gâteau fabriqué par Wendy et Marine à partir du nain en céramique de madame Georgette. Les dents de Papa sont d'ailleurs

encore plantées dans le bonnet du nain. Ça fait pas très joli, Elles étaient mieux dans sa bouche !

— Mon gâteau ! hurle alors Maman, hystérique et en même temps désespérée de voir sa chance de gagner le concours s'envoler.

— Mes dents ! souffre Papa, les larmes aux yeux et se demandant bien comment il va pouvoir faire pour remettre tous ces bouts de dents plantées dans le bonnet du nain.

— Mon nain de jardin ! crie alors madame Georgette en passant la tête par la fenêtre, parce qu'elle a cherché la prunelle de ses yeux pendant des heures partout dans son jardin et qu'elle vient de la trouver sur un plateau dans la cuisine des voisins.

— Tu sens pas un truc ? marmonne alors Wendy en reniflant l'air ambiant.

— Si, lui répond Marine. Ça sent vachement la punition !

Couché sur le toit brûlant, Astraroth, le chat tigré de madame Lafièvre prend un peu de repos. Il fait beau, il fait chaud, et il peut prendre enfin un peu de repos après une nuit de chasse, même s'il en est revenu bredouille.

Tout pourrait être parfait s'il n'était pas dérangé dans son sommeil par deux voix qui lui parviennent de la fenêtre, juste au-dessus de lui. Il tend une oreille amusée pour profiter de la conversation.

— J'y crois pas ! Maman a rapporté mon jean au magasin !

— De toute façon, il te servira à rien, t'as plus le droit de sortir. Moi, c'est quand même plus pire, j'ai plus droit aux desserts pendant un mois. Comment je vais grandir ?

— Ouais, sont trop nuls, les parents ! Ils se mettent en colère pour un rien !

— Quand même, elle était marrante, la tête de Papa, sans ses dents, tu trouves pas ?

— Et celle de madame Georgette, elle était top aussi !

— Faudra qu’on recommence les bêtises, c’est trop drôle !

— Tu m’étonnes ! Mais dans un mois, alors !

— Ok, dans un mois !

Le chat de madame Lafièvre entend alors les deux fillettes se taper dans la main, signant ainsi un nouveau pacte entre Sisters !

Populaire

Adaptation de
François Vodarzac

d'après le scénario de
Valérie Baranski

1 - Vraiment le plus beau jour ?

Des plus beaux jours de sa vie, Wendy en a eu des tas. Il y a eu le jour où elle a été voir les Vanda Lize en concert. Une tuerie ! Il y a eu le jour où Maxence l'a invitée à un déjeuner en tête-à-tête à la pizzeria de monsieur Luigi. Un amour ! Ah, et il y a aussi eu le jour où Maman lui a acheté un nouveau jean à clous qu'elle a mis une seule fois, car les clous lui rentraient dans la peau dès qu'elle bougeait. Une torture ! Alors quand elle sort de la voiture de Maman en hurlant qu'aujourd'hui, c'est le plus beau jour de sa vie, Marine ne s'extasie pas vraiment.

Elle continue de jouer à la corde à sauter dans l'allée du jardin en attendant que sa sœur lui explique en quoi ce jour-là est encore plus beau que les autres plus beaux jours.

— Marine, c'est ouf ! Tu vas pas le croire ! hurle Wendy toujours plus fort en se précipitant vers sa Sister pour la soulever dans les airs.

Là, effectivement, pour qu'elle déborde autant de joie et de tendresse, qu'elle bisoute Marine comme une grande sœur câline et adorable, c'est que ce qui lui arrive doit vraiment sortir de l'ordinaire.

— Tu devineras jamais…

Marine essaie pourtant de deviner la nouvelle qui a propulsé Wendy dans les plus hautes altitudes de la joie. Mais la grande ne laisse pas à la petite le temps de jouer. Elle enchaîne :

— Ce soir, le dentiste va me poser un appareil avec des bagues en métal hyper fashion !

— Waouh ! La chance !

Alors que sa sœur est ivre de bonheur, Marine espère qu'elle pourra un jour, elle aussi, avoir un superbe appareil dentaire pour faire la maline devant Nath et Loulou. Un appareil qui brille comme les colliers des stars sur les tapis rouges. Un qu'on remarque de loin et qui fait s'approcher tout le monde pour venir l'admirer comme *la Joconde* ou comme la boîte aux lettres en forme de chalet de Papinou. Mais bon, à son avis, ce sera pour plus tard. Quand elle n'aura plus ses dents de lait !

Wendy s'apprête à laisser déborder son bonheur d'être équipée d'un appareil rutilant à l'intérieur de la maison, dans le bureau de Papa et dans toutes les autres pièces susceptibles de l'écouter quand elle est attirée par ce qu'il se passe de l'autre côté de la rue.

— Oh non, grogne-t-elle, soudain moins ivre de joie, mais de plus en plus ivre de colère. Encore elle ! Elle me saoule !

Sur le trottoir d'en face, un groupe d'ados entoure une superbe jeune fille rousse qui a l'air d'en faire des tonnes pour attirer l'attention. Parmi les admirateurs, il y a Nadia, Baloo, Dog, Djé et son chien Karnage. Attendez… mais… non, ce n'est pas possible, il y a même Sammie et Emma… Ah ! Et trahison suprême, il y a aussi Maxence. Tous écoutent la belle comme si ses paroles étaient les sons les plus délicieux qui leur soient parvenus aux oreilles.

— Rachel ! Encore Rachel ! Toujours Rachel ! s'énerve Wendy dans l'allée du jardin sous les yeux étonnés de Marine, qui se demande bien comment sa Sister peut passer aussi vite de la joie la plus grande à la colère la plus totale. Y en a que pour Rachel ! Tu te rends compte, boulet ? Même pas deux mois qu'elle habite ici, celle-là, et ils sont tous scotchés à elle comme des abeilles sur un pot de miel !

En face, les ados éclatent de rire à l'une des vannes de la belle. Certainement la chose la plus drôle qu'ils aient entendue de toute leur vie. Rachel bascule alors ses cheveux flamboyants en arrière en riant à son tour de toutes ses dents.

— C'est peut-être son appareil de dentaire qui les rend nynoptisés, tu crois pas ? remarque Marine. Il brille tellement qu'on va plus avoir besoin des lumières dans la ville, la nuit.

— Mais t'as raison ! s'exclame Wendy, retrouvant soudain sa superbe.

Elle traverse la rue d'un pas assuré et s'approche du groupe de fans de Rachel, suivie par Marine qui ne veut pas perdre une miette de ce qui va se passer. Un peu d'action dans les rues de Pom-les-Bains serait parfait pour égayer son après-midi.

Rachel la « flamboyante » n'en finit pas de minauder devant son parterre d'aficionados. Elle bavasse, elle en fait des tonnes pour garder l'attention de tous ces ados qui boivent ses paroles.

— Il voulait m'inviter au ciné ! Vous vous rendez compte ? Alors je lui ai dit comme ça : « T'as vu tes boutons ? Est-ce que j'ai la tête à sortir avec un mec qui a la tête d'un clavier d'ordinateur pour envoyer une navette spatiale dans l'espace ? »

Une nouvelle fois, son auditoire éclate de rire.

Quelle vanne !

La « flamboyante » s'apprête à raconter la suite de son anecdote, mais elle est interrompue par Wendy.

— Hey, les cop's ! J'ai une super méga nouvelle… Cet aprèm, moi aussi, j'aurai un appareil avec des bagues en métal. Le top du top. Genre le dernier modèle hyper fashion que personne n'a encore !

Tous se retournent, reportant leur centre d'intérêt sur ce qui survient, comme toute foule avide de spectacles et de nouveautés.

— Waouh, s'exclament-ils chacun leur tour. T'as trop de la chance ! Génial ! La classe, Wendy !

Comme si Wendy avait déjà ses bagues en métal et que les ados étaient tous des aimants, ils l'entourent et s'agglutinent pour la bombarder de questions, éjectant du même coup Marine du groupe. La gamine force comme un rugbyman pour revenir dans la mêlée.

Seule Rachel reste figée sur son muret, l'air dédaigneux.

2 - Un défi à relever

— Je l'ai vu en photo ! Il est trop mortel, explique Wendy à un public qui a préféré laisser les anecdotes de Rachel la « flamboyante » pour celle, plus surprenante, de Wendy. C'est la nouvelle génération d'appareils, genre ceux qu'on voit dans la bouche des stars !

Elle dégaine son portable et montre à ses potes un tas de photos où des acteurs et des chanteurs sourient de toutes leurs dents,

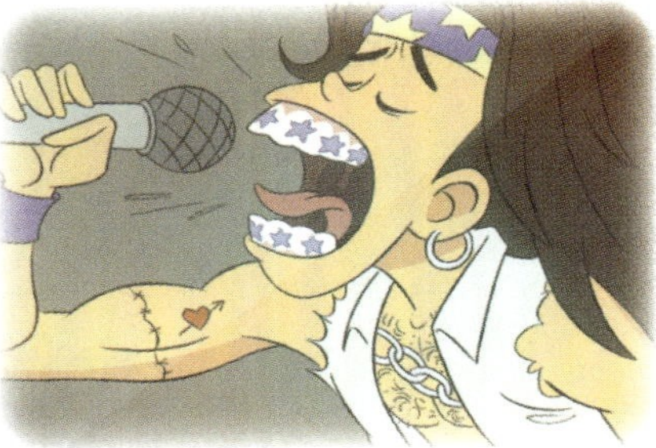 

découvrant un appareillage de toute beauté. Maxence fixe Wendy en se grattant la tempe comme s'il réalisait ce qui allait se passer dans la bouche de sa petite amie.

— Attends… tu veux dire qu'il va y avoir un appareil sur tes dents ?

— Évidemment, sur mes dents, se moque Wendy. Mon dentiste m'a juré que ça allait le faire grave et que tout le monde serait supra jaloux !

— La classe, s'extasie la foule. Y a Tom Plouze et Katy Périme ! Et z'avez vu Joy D, il est encore plus craquant avec son appareil !!!

Juchée sur son muret, Rachel ne décolère pas. Cette peste de Wendy vient de lui chiper son bel auditoire, son banc de fans qui la regarde avec des yeux de merlan frit, sa seule raison de se la péter. Elle va voir, la Wendy ! Elle va lui balancer une phrase bien sentie qui va la faire redescendre sur terre !

— Faut quand même faire gaffe qu'il te colle pas le modèle attrape-mouche ! Tu sais, celui qui te fait la tronche à Frankenstein ! Remarque, je dis ça, je dis rien. Ça t'irait plutôt bien, en fait !

Tous les regards se tournent vers Rachel qui descend de son muret avec les mouvements gracieux d'un lion prêt à se repaître d'une proie. Elle donne un coup de tête en arrière, imprimant un mouvement à sa crinière de feu qui vient fouetter le visage de Wendy.

Sur le coup, la grande Sister ne sait pas trop quoi répondre. Pourtant, si elle ne veut pas perdre la face, il va bien falloir qu'elle réagisse.

Suspendu aux lèvres des deux filles qui se font face, le groupe des ados ne sait pas du tout ce qui va se passer, mais il espère secrètement que tout ça va partir en cacahuète. Marine arrive tant bien que mal à se faufiler à travers la forêt de jambes et vient se planter au côté de sa Sister. Quand Wendy a besoin d'aide, elle peut compter sur elle, et là, eh bien, elle risque d'avoir vachement besoin d'elle.

Face à Rachel, elle adopte le même air défiant que sa grande sœur.

— Oh désolée, Wendy, continue la « flamboyante » sur un ton faussement sympathique. Je sais que c'est dur pour toi depuis que j'ai emménagé ici. Je suis devenue plus populaire que toi. Et je t'ai détrônée en quoi ? Même pas

deux mois… Si c'est pas du talent, ça ! Faut croire que t'étais assise sur un siège éjectable, et que moi, je savais où se trouvait le bouton pour le faire marcher ! Ah ah ah !

Marine pousse sa Sister du coude pour qu'elle rétorque, mais Wendy se contente de fusiller du regard la Rachel-qui-se-la-pète, préparant dans sa tête les multiples possibilités qui s'offrent à elle pour la mettre en pièces.

Elle range son téléphone, telle une cow-girl. Les deux filles sont prêtes à s'affronter en duel, comme on en voit plein dans les westerns. Les spectateurs sentent un suspense moite s'installer dans la rue. Il ne manque que le soleil couchant, les ballots de poussière qui passent, emportés par le vent, et une petite musique à l'harmonica. Mais sinon, pour le reste, tout y est. La tension est à son comble.

— Tu te goures, Rachel, dit finalement Wendy avec un regard de tueuse. Parce que figure-toi que tout le monde me kiffe grave ici. Les vieux, les jeunes, même les chiens sont mes amis. Pas vrai, Karnage ?

Elle approche sa main de la tête du gros chien de Djé, mais plutôt que d'apprécier la caresse, le molosse grogne, montre toute sa belle dentition qui, elle, n'a pas du tout besoin d'appareil et s'apprête à lui croquer la main.

— Gentil, Karnage ! Calme ! ordonne alors Rachel.

Instantanément, le chien se met assis sur ses pattes arrière et redevient tout pataud, la langue pendante et le regard dans le vide, comme savent si bien le faire les chiens quand ils n'ont rien d'autre à faire.

— Tu vois ce que c'est qu'avoir du talent ? la nargue Rachel.

Un murmure parcourt la foule.

— Du talent pour voler les cop's des autres, oui !

Un second murmure, plus profond, monte.

— Si tu t'occupais bien d'eux, ils ne viendraient pas vers moi.

Ce n'est plus un murmure qui s'élève, mais un souffle d'approbation.

Dépitée par ce qui vient de se passer, Marine lève les yeux au ciel. Rachel vient de marquer un point à la barbe de Wendy. Quoi qu'on en dise, la « flamboyante » a mis dans sa poche pas mal de monde à Pom-les-Bains. Pas mal de monde et pas mal de chiens aussi.

— Si tu es si sûre de ta popularité, Wendy, qu'est-ce que tu dirais d'un petit sondage ? demande Rachel d'une voix chargée de défi. On n'a qu'à demander à tout le monde pour voir laquelle des deux est la plus appréciée.

— Oh, un vote ? réfléchit Wendy en un quart de seconde. Ça roule pour moi ! J'ai toujours fait preum's aux élections de délégués de classe. Rendez-vous ce soir pour les résultats. Mais je te préviens, tu vas perdre !

— Dans tes rêves, ricane la « flamboyante » en quittant le groupe d'ados telle une reine au milieu de ses sujets.

Après avoir murmuré, murmuré plus fort et soufflé, tout le monde est muet de stupeur. Les ados hésitent. Que doivent-ils faire maintenant que le spectacle est terminé ? Une foule réfléchit vite quand elle en est capable. Finalement, ils suivent Rachel comme une armée d'automates décérébrés.

Seules Sammie et Emma restent près de leur amie, tout comme Marine qui se colle contre Wendy, parce que sa grande Sister a bien bataillé et qu'elle a besoin de réconfort.

Maxence, lui, fait comme tout le monde. Il se faufile discrètement dans le groupe des suiveurs de Rachel. Mais Marine l'attrape au vol par la manche.

— Eh oh, le namoureux ! Tu voulais trahitionner ma Sister ou quoi ?

Elle le colle près de sa sœur qui lui fait les gros yeux.

— Euh, non, c'est mes jambes, balbutie Maxou avec son air bêta. Elles se sont trompées de sens !

Alors que Rachel et sa cour disparaissent au coin de la rue, Wendy ne peut plus tenir son allure de duelliste. Elle se liquéfie sur place.

— Mais qu'est-ce que j'ai fait ? Pourquoi j'ai accepté ? Je vais me faire pulvériser !

— Ben alors maintenant, t'as plus le choix, l'encourage Marine. T'as plus qu'une solution : la ratatiner !

Mais à voir la tête de défaite de Wendy, ce n'est pas certain qu'elle puisse y arriver.

3 - La trastégie des nopérations

À l'heure du goûter, Marine adore se préparer de bons gros sandwiches. Elle empile les tranches de pain de mie qu'elle tartine de confiture de fraise. Elle y fourre ensuite des carrés de chocolat, des cornichons et du fromage. Sans oublier un peu de jambon pour que ce soit joli et que ça fasse plus sandwich.

Une fois terminé, pour pouvoir le manger, elle est obligée de se décrocher la mâchoire, puis de mâcher longuement pour l'avaler.

Aujourd'hui, elle a ajouté à son casse-croûte quotidien quelques rondelles de banane parce qu'elle va avoir besoin d'énergie pour aider sa Sister à atomiser Rachel, l'effroyable nouvelle voisine aux cheveux orange. Alors que la bouche grande ouverte, elle penche le sandwich dans tous les sens pour trouver le meilleur angle pour croquer, elle se fige. Des chuchotements lui parviennent du salon.

— Quelle horreur, ce truc ! s'effraie Maman avec le plus grand des silences.

— C'est vraiment très très moche, rétorque Papa sur le même ton.

Marine fronce les sourcils, réfléchit deux secondes, puis se fourre la totalité de son sandwich mégacalorique dans la bouche. Elle se faufile jusqu'au salon.

Papa et Maman sont près du grand meuble, celui où on trouve tout ce qu'il faut quand il y a des invités : les jolies assiettes, les bougies, les couverts qui ne servent que deux fois dans l'année et qu'il faut essuyer avant de mettre sur la table et les serviettes en papier à choisir en fonction de la saison.

Les deux parents sont collés l'un à l'autre comme des comploteurs. Ils regardent une photo qui a l'air vachement écœurante, parce

que tous les deux font la grimace. Maman se hâte alors d'enfermer le cliché dans un tiroir.

— Il vaut mieux que les filles ne tombent pas là-dessus, murmure Papa. Déjà qu'elles ont tendance à se faire des films pour rien…

— Tu as raison, chéri, souffle Maman en refermant le tiroir comme si maintenant que la photo est à l'abri des regards, tout danger est écarté.

Avec cette même allure de complot qui attire tous les soupçons, Papa et Maman quittent la pièce sans faire de bruit. On dirait des voleurs qui ne veulent pas du tout se faire remarquer alors que, quand même, ils sont chez eux. Des fois, les parents, c'est vachement bizarre !

Marine attend qu'ils soient hors de vue pour bondir vers le tiroir. Elle le fait coulisser en silence. La photo est là, posée entre les serviettes en papier au motif de Noël et celles avec des lapins de Pâques. Un coup d'œil à droite, un coup d'œil à gauche, Marine s'empare du cliché et…

— Aaaah ! Ça, ça craint du boudin ! crie-t-elle à travers les morceaux de sandwich qu'elle peine à avaler.

La gamine lâche la photo pour pouvoir utiliser ses deux mains pour s'empêcher de pousser un énorme et gigantesque cri de terreur.

Wendy est affalée sur une chaise de jardin, terrassée sur la terrasse par le défi impossible à gagner qu'elle a accepté. Heureusement, Emma et Sammie se sont proposées de la coacher pour qu'elle puisse mettre toutes les (minuscules) chances de victoire de son côté.

Telles des directrices de la communication d'une grande entreprise, elles expliquent leur plan d'attaque, munies de règles et d'une grande feuille blanche sur un tableau. Elles ont tracé un trait vertical et posé de part et d'autre la photo de Rachel et celle de Wendy.

— Ok, Wendy, on récapitule, annonce Emma. D'un côté, on a Rachel. Hyper canon du bout des orteils jusqu'à la racine des cheveux. Prête à tout. Surtout au pire. De l'autre… y a toi ! La fille la plus normale du quartier. Genre hyper banale. La bonne copine passe-partout, quoi !

— Humpf, se désespère Wendy.

— Et c'est ça qui va jouer pour nous ! s'exclame Emma en pointant sa règle sur sa copine.

Sammie, tout aussi à fond qu'Emma, barbouille le tableau de croquis censés appuyer leur théorie.

— Carrément, renchérit-elle, en ajoutant deux courbes pour faire bonne mesure. Parce que quand on te voit, là, direct on aurait presque envie de voter pour toi par pitié.

— Ah ouais. Vu comme ça, c'est cool, alors.

Les deux copines s'apprêtent à expliquer leur plan d'action quasi militaire plus en détail, mais elles sont interrompues par la tornade à bouclettes qui vient faire souffler un vent de panique sur le théâtre des opérations.

— Faut que je te parle, Wendy ! C'est urgentesque ! Les parents ont fait un plan de machiavéliste avec leur pote le dentiss !

Toujours aussi désespérée, Wendy attrape sa Sister et la serre contre elle.

— Oh ma petite Marinou d'amour, se lamente-t-elle à un point tel qu'on a l'impression que des larmes coulent de ses paroles. J'ai toujours su que tu serais là dans les moments difficiles. T'oublieras pas de voter pour moi, hein ? T'oublieras pas… Hein ?… Pour moi…

— Arrêteu ! Tu m'escrabouilles les bissesp, grogne Marine en repoussant la tendresse de Wendy. C'est plus grave ce de quoi je te dis !

Elle s'approche de l'oreille de sa grande sœur et lui chuchote :

— Ils vont te faire torturationner la bouche avec des pinces en ferraille comme dans les films de trouille. Regarde !

Et elle plante sous le regard de Wendy la photo qu'elle a trouvée dans le tiroir sous les serviettes en papier. Sur le cliché, un ado est défiguré par un appareil dentaire monstrueux avec des fils qui rallongent ses dents dans tous les sens et s'agrippent à une grosse barre de métal qui lui enserre le crâne. Ça pourrait faire vachement peur si ça n'était pas autant terrifiant !

Mais plutôt que de hurler en se tirant les cheveux comme ferait n'importe quelle personne qui serait horrifiée, Wendy éclate de rire.

— 'Porte quoi ! hoquète-t-elle. T'inquiète pas, Sister, moi, on va pas me mettre ce truc. On va me poser des bagues dorées super jolies. Je vais tout déchirer avec !

— Tu peux rigoler, Papa et Maman te racontent des mentissages pour que tu te laisses faire.

— Allez, arrête ! Maintenant laisse-nous. On doit se concentrer. Tu sais, c'est du boulot d'être la plus populaire.

Revigorée par la présence de sa Sister, Wendy se lève enfin pour rejoindre Emma et Sammie avec une démarche de pin-up. Ça y est, elle est prête à se battre et à mettre minable la « flamboyante » qui pense que Pom-les-Bains lui appartient.

— Des bagues toutes jolies ? Dans tes rêves, oui, soupire Marine en aparté. Si elle croit que j'ai envie d'une Sister robotomisée de la bouche, elle se met les doigts dans mon nez !

4 - Les grands moyens

Quand il n'y a rien qui va dans les plans de Marine, elle fait appel à ses deux plus fidèles lieutenants : Nath et Loulou ! Toujours prêtes à rendre service (sinon Marine ne voudrait plus jouer avec elles), elles ont répondu présentes dès que la tornade blonde les a appelées en hurlant dans tout le quartier que le monde était en danger et qu'elle avait besoin de toutes les forces vives de Pom-les-Bains, et plus vite que ça avant qu'elle s'énerve.

Du coup, Nath et Loulou ont rappliqué fissa. Maintenant, dans la chambre de Marine, elles font face à leur chef de guerre.

— Nath, Loulou, je vous rappelle la mission, explique la générale d'un air martial en leur montrant la photo horrible de l'appareil trouvée sous les serviettes en papier. Il faut qu'on empêche par tous les moyens ma Sister d'aller chez le dentiss pour pas qu'il lui robotise la bouche comme dans les films de trouille !

Les fillettes écoutent et acquiescent, l'air sérieux.

— Alors, le plan, c'est qu'on fait tout pareil que d'habitude. Sauf que cette fois, faut que ça réussisse !

Comme un seul homme, et un soldat en plus, les petites filles s'équipent comme les héros des films de guerre qui mettent trois heures à se préparer à aller au combat, alors que derrière eux tout explose et que, normalement, ben ils n'auraient pas trop le temps de se maquiller et de s'habiller. Mais bon…

Nath, Loulou et Marine s'équipent d'enregistreurs rose bonbon, de talkies-walkies à paillettes et de dictaphones remplis de stickers « Mon Petit Poney ». Une fois fait, Nath tend une palette de fards de couleur. Chacune trempe ses doigts dedans et se balafre le visage de traits guerriers allant du vert pomme au vert olive, en passant par le vert anis.

Ça y est, les voilà toutes les trois en mode combat.

— Et discrétion, les filles, conseille Marine avant de partir à l'action. Surtout que personne nous remarque !

Dans le couloir de l'étage de la maison des Sisters, trois petites silhouettes à la bouille colorée se faufilent. Elles se plantent devant les toilettes et collent leur oreille à la porte, comme le font les Indiens sur les rails pour écouter arriver le train, alors que s'ils réfléchissaient deux secondes, il leur suffirait de regarder à l'horizon.

Au bout de quelques instants, elles entendent la chasse d'eau. C'est le signal qu'elles attendaient.

Elles dégainent chacune un gros rouleau de scotch gris et en collent partout à toute vitesse sur la porte. Vidées, en nage,

mais contentes d'elles, elles reculent pour contempler leur piège.

— Avec ça, elle est pas près de sortir, fait Marine à bout de souffle.

Quand soudain, la porte de la chambre de Wendy s'ouvre.

— Et la plus tendance, c'est qui ? scande Emma, telle une coach préparant son boxeur.

— C'est moi, fait Wendy en sortant de sa chambre sous le regard abasourdi des trois petits soldats qui ne comprennent pas quelle erreur elles ont bien pu commettre.

— Et la plus popu, c'est qui ? enchaîne Sammie.

— C'est moi ! répond Wendy.

Sammie et Emma ont des pompons de majorette à la main et elles encouragent leur copine à engager le combat de sa *life*. Wendy est à fond, elle boxe dans le vide comme le font tous les boxeurs avant de monter sur le ring. Elle sautille, enchaîne les crochets, les uppercuts et les directs. Il n'y a plus aucun doute, Rachel la « flamboyante » va finir dans les cordes !

Bouche bée, les fillettes réalisent que leur plan n'a pas marché comme elles le souhaitaient. Pourtant, elles n'ont pas rêvé, il y a

quelqu'un dans les toilettes. Elles ont bien entendu la chasse d'eau. Même les Indiens n'auraient pas pu se tromper à ce point.

Il faut réfléchir vite et bien. La mission avant tout. Alors les trois militaires s'élancent dans l'escalier à la suite des ados parties en découdre.

La maison est déserte. Un silence assourdissant parcourt les couloirs, mais un Indien entendrait sans mal quelqu'un tambouriner à la porte des toilettes et essayer de l'ouvrir. Sans succès.

— Marine, appelle la voix de Papa. Tu n'as pas d'autres jeux !

5 - En campagne

Trois petites espionnes se camouflent dans les bosquets le long de la rue qui mène au centre commercial. La petite blonde qui donne des ordres aux deux autres en s'énervant tout le temps tient une canne à pêche avec un gros moulinet. Accroché à l'hameçon, un gros casse-croûte bien garni se balance dans le vide.

— Un sandwich tout dégoulibeurk, c'est son préféré, explique la petite blonde. Ma Sister pourra pas résister.

— T’es sûre ? demande l’espionne avec de grosses lunettes.

— ‘Videmment ! Sinon pourquoi je serais la chef ?

— J’sais pas.

— Ben, tu vois ! Moi, je sais. Alors je l’attire dans le jardin et dès qu’elle arrive, vous lui sautez dessus et vous la ligotez !

De l’autre côté de la haie, Wendy tente d’arrêter les ados qui passent pour qu’ils signent sa feuille de vote qui reste, pour l'instant, désespérément vide. Près d'elle, Emma et Sammie alpaguent les rares passants en leur faisant de grands sourires et en ajoutant parfois une petite choré.

— Votez pour Wendy, la plus *friendly* ! annonce l'une.

— La plus *girly* ! ajoute l'autre.

— La plus jolie ! font-elles ensemble.

Mais les badauds semblent se moquer de l'importance de l'élection qui se joue dans les rues de Pom-les-Bains. Ils passent sans même accorder une seconde d'attention aux

trois filles qui redoublent d'énergie pour obtenir de précieuses signatures.

Un garçon en trottinette finit par approcher. Mais quand Wendy lui tend sa feuille et son stylo, il lâche :

— Rachel est vachement mieux, je trouve.

Wendy a l'impression qu'un poids de cinquante kilos vient de lui tomber sur les épaules.

Emma et Sammie essaient de remotiver leur amie en tentant de garder leur bel enthousiasme, mais cela devient de plus en plus difficile.

— Allez, on lâche rien, on y croit, tente Emma. La plus popu, c'est qui ?

— M… môa, glapit Wendy sans conviction. Machinalement, elle tend son stylo à un gamin qui passe en vélo.

— Une petite signature pour faire remonter ma courbe de sondage, tente-t-elle d'un ton mécanique. Ce serait pas de refus.

Mais le garçon la toise de haut en bas.

— T'as mauvaise mine, Wendy. Tu sais quoi ? Tu devrais te teindre les cheveux comme Rachel. Elle, elle est toujours au top !

Wendy n'en peut plus de tous ces gens qui n'ont que des « Rachel » à la bouche.

Soudain, un sandwich vient se balader dans les airs devant elle. Il monte, il descend, il décrit des petits cercles comme s'il faisait tout pour attirer l'attention de Wendy et être mangé.

Mais Wendy ne voit rien, tellement elle est abattue. Elle n'a qu'une envie : retourner dans sa chambre, sortir toutes ses couettes et tous ses oreillers et s'enterrer dessous pour ne plus en sortir de toute sa vie.

Le gamin au vélo, lui, n'a aucune intention de se cacher dans sa chambre. Lui, ce qui l'intéresse, c'est ce sandwich qui semble s'offrir à qui le veut. Alors, il l'attrape au vol comme il le ferait avec un pompon dans un manège à la fête foraine.

— Merci pour le casse-croûte, dit-il en croquant dedans tout en se mettant à pédaler comme un fou. Mais c'est pas pour ça que je voterai pour toi !

Wendy s'en fiche. Elle sent les larmes lui monter aux yeux. Elle prend conscience qu'elle a perdu sa place de fille la plus populaire de la ville. Le reste n'a plus aucune importance.

— Ah ! Mince ! C'est raté, fait Marine, surprise, de l'autre côté de la haie.

— Zut, ajoute Nath.

— Pourtant, il était au point notre plan, conclut Loulou.

Dans les trois petites têtes, de nouveaux plans pour empêcher Wendy d'aller chez le dentiste germent et fanent aussitôt. Quand l'une pense qu'il serait plus facile d'enfermer la grande Sister dans une caisse avec huit cents cadenas, l'autre avance qu'il serait plus aisé d'envoyer la caisse par La Poste à l'autre bout du monde. Finalement, à bien y réfléchir, empêcher une ado de faire quelque chose, ça paraît simple, mais c'est vachement compliqué quand même.

En pleine réflexion, leur attention est attirée par des voix venant de la rue. Sur le trottoir d'en face, un groupe d'ados s'excite comme des fans devant l'hôtel où dort la dernière star de la chanson à la mode.

— Elle est là ! Elle arrive ! Eh oh, Rachel, regarde-nous ! Waouh, même sa voiture est trop tendance ! Elle est top, cette fille !

En effet, une voiture de sport s'arrête le long du trottoir. Rachel la « flamboyante » en descend telle une actrice prête à fouler le tapis rouge du Festival de Cannes.

Camouflées dans les feuillages, Marine, Nath et Loulou ne perdent pas une miette de la scène qui se joue. Rachel lance un regard dédaigneux aux ados qui se bousculent pour être le plus près possible de l'objet de leur convoitise.

— Mes admirateurs sont là. Faut que j'y aille, merci Papa, lance-t-elle au conducteur.

Elle claque la portière de la voiture et ajoute, comme une signature, un mouvement de chevelure rousse.

— Oh mais vous êtes tous là, mes amis, surjoue-t-elle à l'attention de ses fans. Ayons une pensée pour cette pauvre Wendy qui n'a plus que ses potes les chiens pour la consoler.

Et hop, un nouveau mouvement de tête qui fait voler sa crinière orange. Tous les ados s'esclaffent, surtout pour faire pareil que leur idole.

De l'autre côté de la haie, dans les feuillages, Marine ne prête pas attention à Rachel. Elle reste rivée sur l'homme au volant de la voiture. Elle a l'impression de le connaître. Elle fronce les sourcils et tente de trouver au fond de sa mémoire où est-ce qu'elle l'a déjà vu. Quand soudain une étincelle met le feu à ses souvenirs.

— Mais c'est… c'est notre dentiss !!! hurle-t-elle revoyant le conducteur de la voiture en blouse blanche avec une lampe frontale et des tas d'outils qui font mal à la bouche dans les mains. Vite, les filles, prenez des photos ! Il nous faut des preuves !

Dans la haie, c'est le branle-bas de combat. Les espionnes dégainent leur appareil photo et mitraillent.

À l'intérieur de la petite tête blonde de Marine, tout s'éclaire, maintenant que l'étincelle a commencé le travail.

— Le papa de Rachel est complice de sa fifille et ils ont inventé tous les deux un trastagème pour transformer ma Sister en mocheté de la bouche.

— Mais ça se fait trop pas, commente Nath.

— C'est carrément de la triche, enchaîne Loulou. Ils s'y mettent à deux contre une.

— Ouais, mais nous, on est trois ! On ne va pas les laisser faire, commande Marine avec une moue déterminée.

6 - Débats, gare !

Wendy est de plus en plus minable. Elle a le teint blafard et des cernes sous les yeux. Elle ressemble à une mendiante, la main tendue et l'air implorant devant les passants.

— À vot' bon cœur, supplie-t-elle. Une petite signature. Juste une toute petite… rien qu'une seule.

Mais les gens l'ignorent. Ils passent sans lui jeter un seul regard comme ils savent si bien le faire quand quelque chose les

dérange. Après avoir tenté sa chance avec les petits de maternelle, elle en est réduite à quémander un peu de bienveillance aux chats du quartier.

Soudain, quelqu'un la bouscule.

— Laisse tomber, Wendy. Tu te fais du mal !

Wendy fait volte-face et se retrouve nez à nez avec Rachel la « flamboyante » qui lui met sous le nez sa feuille de vote remplie de signatures.

— Sérieux, j'ai trop pitié ! Regarde, moi, j'ai déjà plus de place pour la signature de tous mes amis. Il va falloir que je commence une deuxième feuille.

Comme des bouts de ferraille attirés par un aimant puissant, les fans de Rachel arrivent par paquet pour se coller à leur idole. Wendy se sent soudain extrêmement seule et désemparée. Heureusement que pour la soutenir, Emma et Sammie viennent se poster à ses côtés.

— Vite, sors un truc pour ne pas être mise hors-jeu définitivement, lui conseille Emma à mi-voix.

— Attends ce soir, finit par dire Wendy après y avoir réfléchi deux secondes. Je vais revenir de chez le dentiste avec mon appareil carrément trop stylé. Tu verras descendre ta cote de popularité comme une vieille baraque en planches pourries.

Sammie semble ravie de voir son amie reprendre de l'entrain au combat. Derrière Rachel, tous les fans attendent la réponse de leur idole à cette attaque. Elle ne se fait pas attendre bien longtemps.

— C'est beau de rêver. Mais fais gaffe, parfois, le réveil est vachement dur !

Elle pousse Wendy pour atteindre une passante et lui tendre un stylo pour récupérer une nouvelle signature. Wendy est éjectée, mais elle ne compte pas se laisser dominer comme ça devant tout le monde.

Elle court vers la passante et bouscule Rachel. La « flamboyante » se rattrape au tee-shirt de la passante. Wendy agrippe alors l'autre côté du vêtement et tire de son côté.

— Votez pour moi, hurle Rachel.

— Non, pour moi, c'est moi la plus populaire, grogne Wendy en tirant plus fort.

— Dégage, *has-been* ! Aïe, elle me tire les cheveux !

— T'as que ce que tu mérites, tête d'orange !

Elles se poussent et se bagarrent comme des chiffonnières sans réaliser que tous les ados les regardent, hébétés, et que la passante ne sait plus comment faire pour se défaire de ses deux harpies. Son salut vient de la sonnerie du téléphone de Wendy.

Sans lâcher sa feuille de vote ni le tee-shirt de la passante, elle essaie d'attraper son smartphone, mais Rachel tente de lui chiper.

— Oui allô, grogne Wendy en décrochant. Occupée ! Rappelez plus tard !

Rachel la bouscule de plus belle et lui fait lâcher le téléphone qui, en tombant dans le caniveau, se met en mode haut-parleur.

Tous les ados se figent, la passante au tee-shirt tout déchiré en profite pour se carapater, quand résonne une voix déformée.

— Allô, ici la secrétaire du dentiss de Wendy. C'est pour vous précisailler que votre rendez-vous de ce soir, il est nannulé.

Derrière la voix, on entend deux autres petites voix qui pouffent de rire.

— Vous avez trop la bouche carrée, continue la voix au téléphone. Alors le dentiss pourra rien faire pour vous.

Wendy saute sur son smartphone. En panique, elle tapote comme une folle sur l'écran pour stopper le mode haut-parleur, surtout que la secrétaire ne s'arrête plus de parler.

— En vrai, c'est un spécialiss des dents pourrites qu'il vous faut. Alors venez pas, ça sert à rien. Vos dents, elles craignent trop du boudin !

Au comble de la honte, Wendy ne sait plus comment faire taire le flot de paroles qui déborde de son téléphone. Tout le monde va se moquer d'elle si elle n'arrête pas tout ça.

— Et aussi, prenez exemple sur votre Sister, continue la voix déformée de la secrétaire. Elle a pas une bouche moisie, elle. Voilà, alors venez pas ce soir.

On entend les ricanements de fillettes avant que la communication ne soit coupée.

Affalée dans le caniveau, Wendy n'ose plus bouger. Elle sent tous les regards braqués sur elle, elle sent le sourire victorieux de Rachel. Elle sent surtout les têtes décomposées de Sammie et d'Emma.

— Bonjour la honte ! ricane Rachel en s'éloignant, suivie de sa cour de fans.

Finalement, la courbe de popularité de Wendy vient de s'écraser bien en dessous du niveau acceptable.

7 - Ô rage !

Marine, Nath et Loulou laissent exploser leur joie après avoir raccroché le téléphone. Avec leur stratagème super futé, elles viennent d'annuler le rendez-vous chez le dentiste de Wendy et ainsi elles viennent de la sauver des griffes d'un monstre qui voulait la transformer en créature de film d'horreur. Il faut dire que Marine a rudement bien transformé sa voix et que sa grande Sister n'a dû y entendre que du feu.

— On aurait dû faire ça depuis le début, ricane Nath.

— C'est vrai qu'on est des génisses du nespionnage, constate Marine.

La porte d'entrée qui claque vient mettre un point d'arrêt à leur exultation, car dans l'encadrement apparaît la silhouette de Wendy. Et même sa silhouette n'a pas l'air contente du tout. On dirait une ogresse, les cheveux hirsutes et les griffes sorties.

— Tu vas le regretter ! Je vais te refaire la couenne, hurle Wendy.

— Je crois qu'elle a quand même reconnu ta voix, susurre Loulou à l'adresse de son amie.

— Ouais, alors toutes aux abris, ordonne Marine.

Elles filent se réfugier derrière le canapé, mais Wendy arrive à bondir sur sa sœur et à la plaquer au sol.

— C'est pour toi que j'ai fait ça, tente d'expliquer Marine à sa Sister tout en essayant de lui échapper. Tu veux jamais me croire !

— Faut dire que tu fais rien pour…

— Ouais, mais en vrai, là, c'est pas les parents qui ont monté un plan pourrite. C'est Rachel.

Nath fourre aussitôt son appareil photo sous le nez de Wendy. Elle découvre stupéfaite le cliché sur lequel Rachel descend de la voiture et reconnaît sans aucun mal le conducteur. C'est son dentiste, ça ne fait aucun doute.

— C'est la fille du dentiss, explique Marine au cas où sa sœur n'ait pas tout compris. Elle utilise son père pour te faire une bouche de monstre.

Wendy lâche sa Sister et se disloque en comprenant qu'elle a été le jouet de la fureur de Rachel la « flamboyante ».

— Son père ? Mais alors c'est pour ça que tout à l'heure, elle s'amusait tant sur son muret en me disant qu'il fallait faire attention à ce que le dentiste me colle pas un appareil attrape-mouche.

— Tu vas pas vite pour comprendre, toi, constate Marine.

— Mais… mais ce rendez-vous, je ne vais pas pouvoir y échapper, réalise alors Wendy. Je suis obligée d'y aller.

Les trois fillettes entourent aussitôt la grande Sister au trente-sixième dessous et la rassurent.

— Laisse-nous faire, explique Marine. On s'occupe de tout.

Wendy regarde tour à tour les trois gamines qui semblent maîtriser la situation et avoir une idée derrière la tête. Marine, Loulou et Nath reprennent aussitôt leur panoplie de parfaites espionnes (enregistreurs rose bonbon, micros, épuisettes, rouleau de scotch et appareil photo) et tels trois minininjas, elles repartent au combat.

— On va le prendre en flagrant délire de robotisation de bouche sur adonnaissante innocente, grogne Marine, les yeux plissés, à l'attention de sa sœur. Après ça, il osera jamais recommencer la dentisserie !

Les trois combattantes filent en catimini, laissant Wendy désespérée. En plus de s'être fait rétamer par Rachel dans l'élection de la fille la plus populaire de Pom-les-Bains, elle va se retrouver défigurée par son père.

Au moment où Maman l'appelle pour se rendre au rendez-vous, Wendy monte dans la voiture comme si elle partait pour un voyage direct vers l'enfer.

8 - Libération

— Bonjour Wendy, s'exclame la secrétaire quand Wendy et sa maman entrent dans le cabinet. Le dentiste t'attend pour la pose. C'est une nouvelle vie qui s'offre à toi.

Mais Wendy sait bien que la vie qu'on lui propose sera faite de moqueries de la part de ses anciens amis. Car elle n'en aura plus un seul vu que Rachel les aura tous attirés à elle. Elle restera définitivement seule avec ses tiges et ses bagues de ferraille qui lui feront

la tête d'un monstre de film d'horreur que tout le monde évitera.

Il lui reste peut-être une chance de s'échapper. La porte est juste derrière, elle peut partir en courant et ne plus jamais revenir chez le dentiste. Mais…

— Tu as l'air bien pâle, jeune fille, l'interpelle le dentiste, faisant s'évaporer toutes les chances de fuite en un instant. Suis-moi, on va te faire une bouche d'enfer.

— Humpf, glapit seulement Wendy en suivant le dentiste dans son cabinet.

Sur le mur qui fait face au siège ultra-sophistiqué, Wendy remarque du coin de l'œil une photo de Rachel, souriante avec son appareil qui brille de mille feux. Wendy ne peut s'empêcher de voir derrière ce sourire les idées noires de Rachel pour lui rendre la vie impossible.

Wendy s'installe sur le siège alors que le dentiste s'équipe de son masque. Il a maintenant tout du savant fou prêt à pratiquer une opération qui détruira le physique de sa patiente à tout jamais. Il place dans la bouche de Wendy un écarteur de mâchoire qui lui donne toute la place pour exercer son art.

— Beaucoup de jeunes filles se font poser un appareil dentaire, tu sais… la rassure-t-il.

Quoique le tien est… comment dire… un peu différent…

Le dentiste laisse échapper un petit rire malsain. Wendy ouvre de grands yeux apeurés. Elle transpire d'angoisse, mais elle ne peut plus rien faire. Elle sent tous ses muscles se tétaniser les uns après les autres, l'immobilisant au fond de son siège de torture.

Le dentiste se retourne pour prendre la boîte qui contient l'appareil, quand une voix le fait sursauter.

— Laissez ma Sister tranquille ou vous allez le regretter !

Il fait volte-face, stupéfait.

— Hein, quoi ?

— Mais qu'est-ce que tu fais là, Marine ? s'interroge Maman, surprise de voir débouler trois petits soldats au milieu du cabinet du dentiste.

Wendy se redresse, heureuse de voir sa Sister venir à sa rescousse. Nath braque son appareil photo sur le dentiste et le canarde à coups de flash pour l'aveugler.

— Mais qu'est-ce qui vous prend ? hurle-t-il en se protégeant les yeux.

— Un petit sourire, ricane Nath.

— Ouais, on veut voir vos dents, hi hi hi ! ajoute Loulou en s'emparant de la douchette fixée au siège ultra-sophistiqué pour s'en servir comme d'une arme. Et va te les laver, vieux macaque !

— 'Uper ! 'Ou êtes a''ivées ! se réjouit Wendy empêchée de parler convenablement par son écarteur de mâchoire.

Attaqué d'une part par de multiples flashs et de l'autre par d'innombrables jets d'eau, le dentiste tente d'échapper aux griffes des furies.

— Mais ça va pas ! Gloup… tente-t-il à l'adresse de Maman. Madaaaame, dites à vos filles d'arrê… gloup !

Maman est atterrée. Elle reste figée, spectatrice d'un spectacle qui la dépasse.

Voyant qu'elle peut enfin échapper à l'art démoniaque du dentiste fou, Wendy crache son écarteur de mâchoire et descend du fauteuil. Elle attrape un tube de dentifrice et s'applique à dessiner des moustaches et une barbe sur la photo de Rachel la « flamboyante ».

— Prends ça dans ta face !

Alors que Nath et Loulou continuent leurs assauts sur le dentiste, Marine s'empare des instruments rutilants et les balance tous par terre dans un vacarme épouvantable. Elle dérobe alors la boîte qui contient l'appareil dentaire que le dentiste destinait à la bouche de Wendy. Elle le porte haut au-dessus de sa petite tête blonde. Et comme s'il contenait tout le malheur du monde (en tout cas, tout le malheur de sa Sister) et que c'était le seul moyen de briser le sort, elle le fracasse sur le sol.

— Tortureur d'adonnaissants ! Tu recommenceras pas !

— Non, mon matériel ! Gloup ! Aïe !

Le dentiste se jette sur Marine pour l'empêcher de s'attaquer à son siège ultrasophistiqué. Mais Wendy s'interpose et lui balance un long jet de dentifrice en pleine figure.

— Pas touche à ma Sister !

— Aaah, ça pique les yeux !

— Ça suffit ! Arrêtez ! ARRÊTEZ ! ordonne finalement Maman après qu'elle a retrouvé sa voix, figeant les quatre filles pleines de ressources pour mettre à mal le dentiste de l'enfer.

Il y a maintenant dix centimètres d'eau sur le sol. Le dentiste a les yeux rougis par les coups de flash et le dentifrice. Il essaie d'attraper ses assaillantes au hasard, mais il marche sur ses instruments et perd l'équilibre.

Les quatre filles le laissent à quatre pattes dans l'eau, vociférant, et quittent le cabinet en courant et en riant.

— Madame… vos filles sont des… sont des… AAAAAAaaaahh ! se met à hurler le dentiste.

— Euh… c'est-à-dire que… balbutie Maman, morte de honte. Sur les quatre… il n'y en a que deux à moi !

9 - Résultat des votes

Le soleil commence sa descente au-dessus de Pom-les-Bains pour laisser place à la nuit. La voiture de Maman se gare tout doucement. Wendy sort, défaite, piteuse, les cheveux trempés. Derrière elle, les trois fillettes lui emboîtent le pas. Elles aussi sont trempées et elles non plus elles n'en mènent pas large.

— Et d'abord, vous n'avez pas à fouiller dans les affaires des grands, les gronde

Maman en claquant sa portière, poursuivant la dispute qu'elle a commencée dix minutes plus tôt.

— Mais moi, j'ai eu trop peur pour Wendy quand j'ai vu la photo, tente d'expliquer Marine.

— C'est justement pour ça qu'on ne voulait pas vous la montrer. Figure-toi que c'est juste un prototype d'appareil du futur que le dentiste a prêté à Papa pour qu'il s'en inspire pour sa BD de science-fiction.

Wendy est accablée. Elle entre dans la maison encore plus désespérée qu'en partant.

— Quand je pense que mes bagues ont été cassées dans la bagarre. C'était le dernier modèle trop fashion. J'aurais été la première et la seule de toute la ville à les avoir. Bouououh !

Elle disparaît pour laisser échapper ses cris de désespoir en cachette de tout le monde. Marine, Nath et Loulou ne savent vraiment pas ce qu'elles pourraient faire maintenant pour rattraper la situation. Il semble qu'elles aient épuisé tous les plans qui fourmillaient dans leur petite tête.

Elles entendent alors le portable de Wendy sonner de l'autre côté de la porte. Entre deux cris de douleur, les fillettes distinguent alors un cri de joie.

— C'est pas croyable ! J'ai gagné ? J'ai gagnéééééé !

Wendy sort de sa cachette et brandit son téléphone au vu de tout le monde. Sur l'écran, on voit les courbes des cotes de popularité. La sienne est bleue et vachement haute sur le graphique. Celle de Rachel est rouge et elle s'écrase lamentablement sur la ligne du zéro.

— Mais comment t'as fait ? interroge Marine.

Wendy tapote sur son tél et s'éloigne en lisant, légère comme une plume.

— Apparemment, ils ont tous voté pour moi quand ils ont compris que Rachel mentait et truquait le concours, explique-t-elle, folle de joie. En plus, elle rajoutait plein de fausses signatures sur sa feuille de vote.

Heureuse, dansante et sautillante, Wendy court dans sa chambre pour appeler tous ses fans retrouvés.

— C'est quand même bizarre, les adonnaissants, commente simplement Nath.

Loulou, elle, a l'air inquiète. Elle a les yeux dans le vague et semble réfléchir à toute vitesse.

— Keskya, Loulou ? lui demande Marine.

— Ta Maman a dit que la photo, c'était un appareil dentaire du futur.

— Oui, et alors ?

— Ben, ça veut juste dire que c'est l'appareil qu'on aura quand on sera grandes comme Wendy.

— Ah ouais, réalise Nath avec horreur. Et en vrai, c'est pour ça qu'ils voulaient pas te le montrer !

Marine les fixe, déglutit. Puis elle attrape sa trottinette et s'éloigne de la maison.

— Me cacher. Pendant cent ans au moins ! Jusqu'à ce que je sois toute vieille. Comme ça, personne viendra m'embêter quand j'aurai plus de dents.

Nath et Loulou lui emboîtent alors le pas.

— Bonne idée ! Attends-nous !

— Ouais ! On vient se cacher avec toi.

Les Catastrophes Sisters

Adaptation de
François Vodarzac

d'après le scénario de
Sébastien Guérout

1 - Le meilleur moyen d'être tranquille

Tous ceux qui connaissent les Sisters vous diront que la plus terrible des deux, c'est Marine. Si on leur demande laquelle fait le plus de bruit et de bazar, ils vous répondront Marine. Et si vous poussez votre enquête jusqu'à savoir qui est capable de tout casser dans la maison en moins de deux minutes, c'est encore le prénom de Marine que vous entendrez.

Mais ceux qui connaissent les Sisters ignorent sûrement que dans la famille, il y a Darwin. C'est le chien de Papi et Mamie. Il est tout petit, il est plein de poils partout et il est aussi excité, aussi bruyant et il fait autant de bêtises à la seconde que Marine.

Alors, quand les deux se retrouvent, il arrive à peu près la même chose que si vous enfermez une tornade, un tsunami, un tremblement de terre et une éruption volcanique dans la même pièce.

Ce matin, Papi et Mamie sont partis en voyage organisé pour visiter le viaduc de Millau et ils ont demandé à Papa et Maman de garder Darwin. Ils n'ont pas pu refuser, car souvent Papi et Mamie gardent les Sisters et c'est aussi le bazar dans leur maison en moins de deux. Alors là, c'est à leur tour de voir leur intérieur dévasté par les innombrables courses-poursuites entre le petit chien et la petite blonde à bouclettes.

Il n'a pas fallu longtemps pour que Darwin chipe dans sa gueule le doudou préféré de Marine et se mette à courir partout, excité et vif, la petite fille à ses trousses. Jappements et cris ont empli la maison sous les yeux désolés de Papa, Maman et Wendy.

— Euh, tu es sûre que ça va aller ? s'inquiète Maman en voyant Marine se jeter sur le canapé où le chien a grimpé une demi-seconde plus tôt, faisant valdinguer les coussins partout dans le salon.

— Mais oui, t'inquiète ! sourit Wendy. Marine et Darwin, ça va être de la rigolade à garder. Vous pouvez aller au ciné tranquilles.

Le chien repart en jappant. Marine tente de lui attraper la queue, mais la petite boule de poils fait un demi-tour subit. En le suivant, la gamine bouscule le meuble de l'entrée. La lampe en verre soufflé posée dessus bascule et tombe sur le sol. Wendy la rattrape de justesse avant qu'elle ne s'écrase.

— Oups ! Allez, vous inquiétez pas, je gère.

Mais Papa et Maman ne semblent pas du même avis. Ils ont des scrupules à laisser leur aînée avec deux furies dans la même maison. Alors Wendy les pousse gentiment vers la sortie.

— Puisque je vous dis qu'il y a zéro problème. Je maîtrise. Filez, vous allez être en retard, leur ordonne Wendy en refermant la porte d'entrée.

L'adolescente peut souffler. Les parents sont enfin partis. À elle la liberté ! Elle va pouvoir pro-fi-ter ! Enfin « presque » !

Car, à ce moment, elle entend les rires de Marine et les aboiements de Darwin, suivis immédiatement d'un bruit de vaisselle cassée.

— Allez, faut encore se débarrasser des deux tornades, soupire Wendy en retournant dans le salon.

Darwin a délaissé le doudou de Marine. Il joue maintenant avec un jouet en plastique qui couine. Marine s'empresse de récupérer son lapin préféré pour le serrer contre elle.

— Puduk ! T'es trop mon doudou préféré de la terre entière et même de la lune et des étoiles de tout l'univers !

— Ouais, ben si t'allais plutôt faire prendre l'air à Darwin, intervient Wendy en lui arrachant Puduk des mains et en lui donnant une laisse à la place.

— T'as qu'à y aller toi-même. En plus, ça te fera du bien de faire du sport !

— Pfff, n'importe quoi ! Allez, faut que je range tout votre bazar.

Wendy ramasse les coussins et les replace sur le canapé. Elle tapote, elle époussette, elle prend le chien et le met dans les bras de Marine qui sent qu'il y a un truc de pas normal dans la situation. Wendy n'est même pas capable de ranger sa chambre et là, elle veut ranger toute la maison.

— Tu sais quoi, Darwin ? Je te parie qu'elle veut qu'on s'en aille pour inviter son namoureux en secret et lui faire plein de bisous baveux ! Beurk !

— 'Porte quoi, toi ! rougit Wendy. Va voir dehors, tu gênes.

— Mouais, à mon avis, y a une aiguille sous cloche.

Wendy se relève après avoir récupéré les télécommandes qui ont été expulsées sous le canapé. Elle attrape Marine par les épaules et la met littéralement à la porte avec Darwin.

— C’est ça ! Eh bien, va la chercher plus loin, ton aiguille. Et reviens le plus tard possible !

Elle claque la porte pour se retrouver enfin tranquille dans la maison.

Tout en vérifiant que sa Sister part bien en promenade avec Darwin, elle attrape son smartphone dans sa poche et compose son numéro préféré.

— Maxence ? C’est bon, je me suis débarrassée du boulet. Ramène ta couenne !

2 - L'enlèvement de Puduk

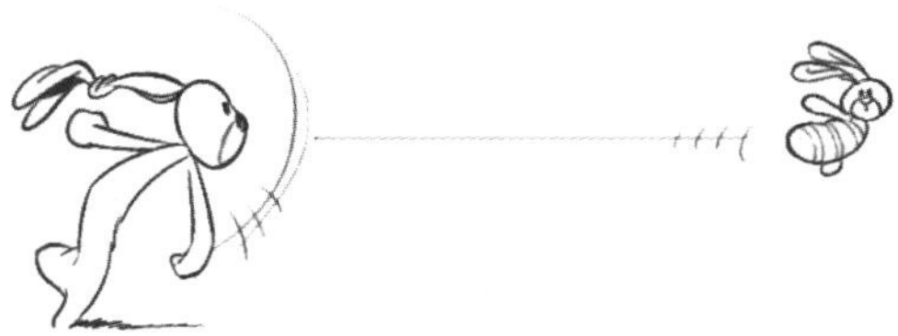

Même s'il adore Wendy, quand Maxence se retrouve en tête-à-tête avec sa petite amie, il ne peut s'empêcher d'être inquiet. Car soit Wendy part dans une colère dont elle seule a le secret, soit c'est sa petite sœur qui fait irruption, amenant avec elle son lot de problèmes. Alors quand Wendy lui a demandé de rappliquer chez elle parce que ses parents étaient absents, il n'y est pas allé à reculons, mais il s'est quand même vachement méfié.

Assis sur le canapé, il répond aux baisers de Wendy du bout des lèvres.

— T'es sûre que tes parents ne risquent pas de débarquer ? s'inquiète-t-il.

— Mais nan, répond Wendy du tac au tac en soulevant un sourcil. Je t'ai déjà dit qu'ils sont au cinoche. En plus, leur film dure trois heures. Ça nous laisse donc beaucoup, beaucoup, beaucoup de temps rien que pour nous.

Wendy se penche un peu plus vers lui, lèvres tendues au maximum. Elle écrase sans le faire exprès le jouet en plastique de Darwin qui se met à couiner très fort.

Wendy sursaute et tombe du canapé, s'écrasant sur le sol comme une vieille fringue.

Maxence éclate de rire. Voir sa copine essayer de se relever entre le sofa et la table basse n'a pas de prix. Cette seule vision a un effet magique sur lui. Tout le stress qu'il a emmagasiné à se demander si les parents de Wendy ne vont pas débarquer s'est envolé.

— Oh ça va, hein, grogne Wendy, vexée. Tu ferais mieux de m'aider !

— Tu parles d'une femme forte, se moque Maxou. T'as eu peur d'un simple coincoin en plastique !

Vexée, Wendy lui balance le premier truc qu'elle trouve à côté d'elle sur le canapé. Heureusement qu'il s'agit d'un gros coussin, car elle l'atteint en pleine tête.

— Alors ? Y a rien, là ? Si tu me cherches, je te préviens, tu vas me trouver, se met-elle à ricaner. Je vais te montrer ce qu'il en coûte à ceux qui se moquent de moi !

Aussitôt, elle s'empare d'un nouveau coussin qu'elle lance le plus fort qu'elle peut sur son petit copain. Maxence arrive à l'éviter, mais il ne peut rien face au suivant qui arrive immédiatement après. Désormais, c'est une pluie de coussins qui s'abat sur lui à un rythme effréné, chaque jet entrecoupé du rire cristallin de Wendy. Il est obligé de battre en retraite.

— Ça va, je me rends ! rit-il les mains en l'air.

— Ah non ! s'amuse Wendy. Tu ne m'échapperas pas !

Maxence saute derrière le canapé pour se planquer derrière la table de la salle à manger. Wendy se relève et prend son amoureux en chasse, ne cessant de lui lancer des coussins. Elle finit par se retrouver à court de munitions. Mais, emportée par le plaisir du jeu, elle se saisit du coincoin de Darwin. Il rebondit dans un bruit ridicule sur le front de Maxence.

— T'as fait des progrès pour viser, Wendy, se moque Maxence en riant de plus belle.

— Ah ouais ? Et qu'est-ce que tu dis de ça ?

Wendy ramasse la première chose qui est à sa portée. Et la première chose qui est à sa portée, c'est Puduk, le doudou de Marine.

Sans réfléchir une seule seconde, elle balance le lapin qui pue en direction de

Maxence du plus fort qu'elle peut. L'ado voyant arriver la peluche se baisse pour l'éviter. Puduk continue sa course, passe par la porte-fenêtre grande ouverte, traverse le perron et le jardin, survole la haie et atterrit dans la caisse ouverte à l'arrière d'un scooter de livraison rouge garé devant la maison.

Consciente qu'elle vient de faire une méga-bêtise, Wendy se précipite à l'extérieur pour récupérer le doudou avant que sa sœur ne s'en aperçoive et ne déclenche tous les cataclysmes de l'enfer.

Quand elle arrive au portail, Maxence sur les talons, elle ne peut que constater l'énorme problème auquel elle fait face, et aux nombreux autres qu'elle va devoir affronter.

Le livreur arrive de la maison d'en face, celle de madame Georgette qui passe son temps devant des films d'horreur à manger, manger et manger encore.

Le livreur enfourche son scooter et, sans même s'apercevoir qu'un passager s'est invité à l'arrière de son véhicule, il démarre en trombe. Il n'entend même pas que Wendy lui hurle d'attendre.

Le scooter tourne au coin de la rue, emportant le doudou préféré de toute la terre, de la lune et même des étoiles de Marine.

— C'était un livreur de pizzas ou de sushis ? s'interroge Maxence.

— Pas eu le temps de voir ! se désespère Wendy. En tout cas, c'est la cata, ça je peux te l'assurer. La méga giga cata !

3 - Retour de promenade

De retour dans la maison, Wendy s'affale dans le canapé. Elle qui pensait que sa journée serait parfaite voit maintenant l'horizon s'obscurcir seconde après seconde.

— Quand Marine va s'apercevoir que son doudou préféré a disparu, elle va nous massacrer ! se lamente-t-elle en tortillant le bout d'un coussin entre ses doigts.

— Rho, t'exagères, tente de la raisonner Maxence.

— Eh, je crois que t'as pas compris. Elle va NOUS massacrer. J'espère que t'as laissé un mot à tes parents en partant, parce que personne va nous retrouver. Elle va nous pulvériser et nous envoyer dans la banlieue de la Terre.

— Calme-toi, Wendy. Elle est pas si terrible que ça, ta…

— Ah ah ! Je savais qu'il serait à la maison celui-là, lance Marine triomphante en ouvrant la porte d'entrée et en coupant la parole à Maxence.

Avec Darwin au bout de la laisse, la gamine fait vachement peur. Et à bien y réfléchir, même sans le chien, elle mettrait tout autant les chocottes.

Wendy laisse tomber son coussin à côté d'elle et jette un regard qu'elle veut attendri à sa sœur. Mais son sourire ultra-crispé prouve qu'elle n'est pas très à l'aise et que la situation est tendue.

— Tiens, ma petite Sister chérie est déjà de retour de balade ? surjoue-t-elle. Chouette !

Marine détache la laisse de Darwin. Le petit chien part à toute vitesse faire le tour des chaises de la salle à manger comme si la

promenade ne lui avait pas assez dégourdi les pattes. Marine traverse le salon impassible et va s'affaler sur le canapé au milieu du tas de doudous que Wendy a ramassés en hâte après la bataille avec Maxence.

— Ouais ouais, arrête ton cinéma. Tu peux faire ce que tu veux avec ton namoureux !

Wendy et Maxence se lancent un regard soulagé. Finalement, le crampon est dans de bonnes conditions. Ils vont pouvoir lui annoncer la triste nouvelle de la disparition de Puduk sans trop la froisser.

Darwin revient à petits pas de la salle à manger. Il renifle quelques cookies sur la

table basse, puis en pique un en douce. Il détale avec, direct dans la cuisine au cas où quelqu'un essaierait de lui apprendre les bonnes manières en lui reprenant le gâteau.

— Enfin, à une condition, reprend Marine que le chapardage du chien n'a pas inquiétée.

— Ce que tu veux, répondent Wendy et Maxou en chœur et en hochant vivement la tête.

— Tu me laisses regarder la télé tout l'après-midi avec mes doudous et tu ne diras rien aux parents.

— Aucun problème. Tu as le canapé pour toi toute seule.

Marine s'installe confortablement. Elle attrape la télécommande et déplace toutes ses peluches dans un ordre bien précis pour que chacun puisse voir l'écran et ne gêne pas ses congénères. Il ne faudrait pas qu'ils se plaignent pendant le film, quand même.

Wendy tire sur la manche de Maxence en lui glissant à l'oreille :

— Viens, on se tire. On a trois secondes avant le début de la fin du monde…

— Tu crois ?

— J'suis sûre !

Tout à coup, Marine jette des regards effrayés partout autour d'elle. Elle a perdu quelque chose. Il était là avant la promenade avec Darwin, et là, il est plus là. Disparu ? Parti ? Perdu ?

— Il est où, Puduk ? Vous l'avez pas vu ? demande-t-elle avec des accents de plus en plus tendus dans la voix.

Wendy et Maxence sont rouges comme des tomates. Wendy avait vu parfaitement juste. Il a fallu trois secondes pour que Marine s'aperçoive qu'il manquait un de ses

doudous. Il n'en faudra pas plus de deux autres pour qu'elle explose de colère.

— Alors là, aucune idée, disent les deux amoureux avec une voix blanche de suspects numéro un.

Suspicieuse, Marine s'approche de sa sœur et se met à la renifler.

— Ouais ouais, je connais très bien cette odeur. C'est celle de la frousse ! Vous me cachez quelque chose tous les deux !

— Nous ? Mais non, je te jure.

— Jurationne pas, la coupe Marine. J'aime pas les mentissages. Oublie pas que je suis une nenquêtrice professionnelle.

Wendy ne sait plus où se mettre. Elle ne peut pas partir en courant, elle se trahirait. Elle ne peut pas dénoncer Maxence, elle passerait à juste raison pour une poukave dans tout Pom-les-Bains. Elle ne peut pas dire que Puduk a décidé de partir à l'aventure tout seul comme un grand, parce que même si Marine la croirait sans problème, elle retournerait toute la ville pour le rattraper et le supplier de rentrer à la maison.

— Bon, allez, accouche. On va pas y passer l'après-midi, la coupe Marine dans ses pensées de sauvetage de dernière minute. T'as intérêt à tout me dire, sinon je te colle comme un chimgum toute la journée jusqu'à ce que tu craques.

La tornade à bouclettes met sans attendre sa menace à exécution et attrape sa sœur par le bras. Elle s'y agrippe comme un bébé koala s'accroche au dos de sa mère.

— Okay, okay, craque Wendy. Je vais tout te dire, mais tu promets de ne pas hurler ?

— Ben oui, quand même, je suis une grande maintenant, je te rappelle.

Alors Wendy lui avoue tout, la bataille, le lancer de peluches et l'envoi de Puduk direct dans le coffre d'un scooter qui a filé sans laisser de trace.

À quelques dizaines de mètres au-dessus de la maison des Sisters une hirondelle cherche un insecte à se mettre dans le bec. L'air est doux, le vent calme et tout se passe pour le mieux dans sa vie d'oiseau printanier. Tout à coup, un souffle énorme provenant du sol la déplace avec force et lui fait perdre sa stabilité. Elle manque un battement d'ailes quand juste après le souffle, une voix de petite humaine lui parvient comme un cri montant des enfers :

« QUOIIIIIIII !!!!! MON PUDUK !!!!! JE VAIS TE DÉSINTÉGRATIONNER !!! »

4 - La solution Darwin

Dans la maison des Sisters, un cataclysme est à l'œuvre. Wendy court dans tous les sens, espérant échapper à la fureur de sa sœur. Marine, toutes griffes dehors, tente de lui sauter sur le dos pour lui faire payer la perte de son doudou préféré.

— Je suis désolée, je t'en rachèterai un autre avec mon argent de poche !

— Nan, c'est Puduk que je veux, pas un autre !

— Mais je t'en prendrai un plus joli, tu verras ! tente Wendy en se cachant derrière Maxence.

— Je verrai rien du tout, crache Marine. Puduk, c'est le plus beau.

Maxence essaie tant bien que mal de calmer la petite tornade blonde qui n'a jamais aussi bien porté son surnom. Il s'interpose, les mains tendues devant lui, en signe de paix.

— Calme-toi, commence-t-il. Tu sais, ta Sister n'est pas la seule fautive...

— Ouais, je sais, le coupe Marine au comble de la colère. Mais t'inquiète, une fois que je lui aurai désintégrationné la couenne, ce sera ton tour.

Tout à coup, le costume de médiateur lui paraît un peu trop inconfortable… et un peu trop risqué. Et comme il ne peut pas se sauver parce qu'il passerait pour un couard, Maxence se réfugie dans le silence, laissant sa chérie tenter toute seule de calmer sa Sister.

Darwin, indifférent au drame qui se joue dans la maison, renifle tout ce qui se trouve dans le salon, puis attrape un nouveau cookie sur la table basse.

— Très bien, Marine, balbutie Wendy en sortant de l'ombre de son amoureux. On va trouver une solution. Tu veux pas retourner promener le chien ? Ça te fera du bien.

Elle attrape la petite boule de poils qui est obligée de laisser tomber son gâteau. Elle le tend à Marine qui fait toujours la tête.

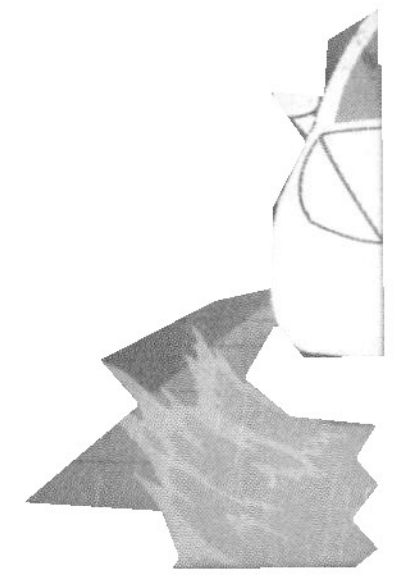

— Tu comprends rien, renifle-t-elle maintenant que la tristesse commence à gagner du terrain sur la colère. Mon Puduk, il est perdu !

C'est vrai quoi, ce pauvre Puduk est trop petit pour s'en sortir dans une grande ville comme Pom-les-Bains. Ce n'est qu'un pauvre doudou. Si ça se trouve, il va se faire piétiner par les passants sur les trottoirs. Il ne pourra pas échapper à des milliers de talons qui feront mal à sa petite fourrure. Et s'il pleut, il sera trempé jusqu'au coton, parce que c'est un doudou et qu'il n'a pas d'os. Pour survivre, il faudra qu'il fasse la manche, et qui est-ce qui donnera une pièce à un doudou ? Les gens n'en donnent même pas aux humains qui n'ont pas de sous.

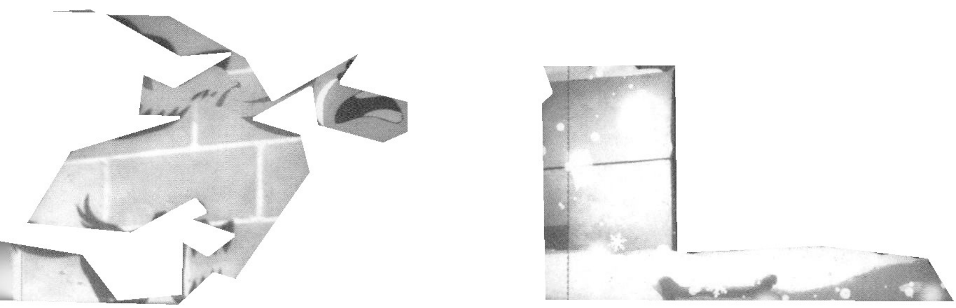

Non, vraiment, la vie qui attend Puduk est une vie de misère.

Wendy et Maxence comprennent que pour la petite fille, Puduk est plus que son doudou préféré. C'est une partie de sa vie.

Wendy repose Darwin qui, sans attendre, se colle la truffe à la moquette à la recherche de son cookie perdu. En moins de deux, il le retrouve et s'apprête à fondre dessus, quand une nouvelle fois, ses pattes quittent le sol. Wendy vient de le reprendre dans ses bras. Elle vient d'avoir une idée.

— Pleure plus, ma Sister. Je te jure sur la tête de mon smartphone qu'on va le retrouver, ton Puduk !

— Ah oui ? soupire Marine. Et comment tu vas faire ?

Wendy soulève Darwin comme si le chien était un trophée.

— Facile, s'exclame-t-elle. Grâce au meilleur chien policier de toute la galaxie !

Sous le regard étonné de Marine, Wendy attrape un autre doudou sur le canapé et pose le chien sur le sol. Aussitôt, il tente de récupérer le cookie tant convoité. Mais ce sera pour une autre fois, car Wendy tire sur la laisse pour le traîner à l'extérieur de la maison. Décidément, ce n'est pas encore aujourd'hui qu'il se remplira le ventre de petits gâteaux au chocolat trop bons.

Maxence et Marine, aussi circonspects l'un que l'autre, suivent l'ado qui semble savoir ce qu'elle veut faire.

En effet, arrivée sur le trottoir, Wendy s'arrête pile à l'endroit où le scooter du livreur était garé lorsque Puduk est tombé dans son coffre. Elle colle le doudou récupéré sur le canapé contre la truffe de Darwin.

— Tu sens la bonne odeur de pieds de Marine, hein ? Alors on compte sur toi pour retrouver son doudou ! Allez, va !

Le chien s'assoit sur ses pattes arrière et regarde Wendy, haletant et frétillant de la queue, tout joyeux. Maxence se met à rigoler devant le ridicule de la situation.

— Rho, la tronche du chien policier ! Attention, les voleurs, on a le meilleur clébard de tout Pom-les-Bains ! Gare à vous !

— Eh oh, toi, le namoureux, tu dis pas de mal du chien de Mamie, le prévient Marine en lui collant un doigt dans le nez en guise d'avertissement. Sinon, c'est toi qui vas avoir mal.

La petite blonde prend le doudou des mains de Wendy et le fait de nouveau sentir à Darwin.

— Allez, va chercher mon Puduk, Darwin ! T'es un bon chien ! Et si tu le retrouves, je te donnerai plein de cookies !

Le regard du chien s'éclaire au mot « cookie ». Il renifle plusieurs fois le doudou pour que l'image de l'odeur s'imprègne dans chaque recoin de son cerveau. Truffe au sol, il démarre soudain dans la direction prise par le scooter une demi-heure plus tôt. Sans lâcher la laisse, Wendy se met à courir, aussitôt suivie par Marine et Maxence.

— Alors, qu'est-ce que je disais ? Il a pas mis longtemps à trouver une piste, notre Darwin d'amour !

— Il est trop fort, notre toutou, ajoute Marine qui retrouve espoir et sourire en même temps.

— Ouais, enfin, c'est qu'un chien. C'est pas Sherlock Holmes, non plus, bougonne Maxence.

Marine le foudroie du regard et lui montre son doigt, prête à lui fourrer une nouvelle fois dans le nez. Sentant la menace réelle s'il continue à se moquer de Darwin, Maxence se réfugie une nouvelle fois là où il se sent si bien. Dans le silence.

5 - À la recherche du Puduk perdu

Entraînant Wendy qui le tient en laisse, Maxence et Marine derrière lui, Darwin court à toute vitesse dans les rues du quartier. La truffe collée au trottoir, il suit une piste qui fait comme une lumière couleur Puduk dans son cerveau canin. Quand il arrive à un carrefour, il lève brièvement le museau, puis choisit un chemin sans hésiter.

Wendy le suit à grandes foulées en faisant attention que les voitures ne viennent pas gêner la recherche et ne déstabilise pas le fin limier.

Arrivé devant l'arrêt de bus, Darwin s'arrête. Il renifle partout autour de lui comme si la piste de Puduk disparaissait là. Il passe la truffe sur le siège, rien. Il sent les vitres de l'abribus, toujours rien.

— Pfff ! Pfff ! On peut faire une pause ? souffle Maxence en les rejoignant et en s'asseyant lourdement sur le siège de l'arrêt de bus.

Il est rouge comme une tomate, il transpire par tous les pores de sa peau et sa respiration

saccadée le fait ressembler à la vieille voiture de madame Georgette.

Darwin n'a que faire de la fatigue du grand garçon qui ne l'aime pas beaucoup. Il cherche et cherche encore. Il finit par retrouver la trace colorée de l'odeur du doudou dans le caniveau. Il repart à vive allure, tirant Wendy par sa laisse.

— Attendez-moi ! hurle Maxence, emboîtant le pas à Marine qui court du plus vite qu'elle peut pour rejoindre sa Sister et son chien policier.

Sûr de la piste qu'il suit, le chien traverse les rues, les parcs, les parkings sans prêter attention ni au trafic ni aux passants étonnés de voir cette équipée de détectives courant à perdre haleine.

Au bout d'une course de plusieurs longues minutes, Darwin déboule au coin d'une rue. Bingo ! À quelques mètres, un scooter de livraison rouge est garé devant une maison.

— Regardez ! s'écrie Wendy.

Elle lâche la laisse de Darwin qui se met à courir en jappant en direction du scooter.

Il fait des petits sauts joyeux et des petits ronds sur lui-même, pour bien signifier à ses maîtresses qu'il a réussi à remonter le fil de couleur et qu'il va enfin pouvoir s'empiffrer de cookies.

Même si elles sont étonnées du talent hors du commun du petit chien, les Sisters n'en sont pas moins hyper contentes. Tout en le félicitant, elles rejoignent Darwin près du scooter.

Maxence arrive peu de temps après, toujours aussi transpirant, faisant autant de bruit en respirant que la voiture de Papa quand il part en dédicace dans un festival de BD.

— Incroyable ! s'exclame-t-il entre deux souffles rauques. Tu crois que c'est le scooter qu'on a vu partir tout à l'heure ?

— On va pas tarder à le savoir… dit Wendy alors que Marine se précipite pour fouiller le coffre arrière.

— Puduk ! T'es là, mon Puduk ? appelle la petite blonde, pleine d'espoir.

Elle balance sans aucune retenue toutes les boîtes contenues dans le coffre. Elles s'écrasent sur le sol, laissant des dizaines de sushis s'éparpiller sur le trottoir. C'est une aubaine que Darwin ne peut pas rater.

Il aime autant les cookies au chocolat que le poisson. Il se jette aussitôt sur les sushis et les dévore goulûment.

Marine ressort la tête du coffre du scooter. Sur son visage se lit une déception énorme.

— Il est pas là ! renifle-t-elle.

— Haaaa ! Mes sushis ! Mais ça va pas, la tête ?!

Le livreur sort de la maison en levant les bras au ciel lorsqu'il découvre ses boîtes de sushis répandues sur le sol et le chien en train de les gober un par un. Il s'apprête à le chasser d'un coup de pied pour lui apprendre à manger ce qui ne lui appartient pas, quand une tornade blonde se jette sur lui et le secoue par le col de son uniforme de livraison.

— Qu'est-ce que t'as fait de mon Puduk ? Est-ce que tu vas parler, espèce de kinapteur de doudou ?!

Wendy vient en aide au livreur et arrache sa Sister de la combinaison rouge à l'effigie du magasin de sushis.

— Arrête, Marine, c'est peut-être pas le bon livreur ?

— Mais qu'est-ce que c'est que cette histoire de fou ? hurle le livreur en essayant de remettre en état son uniforme pour qu'il soit présentable lors de sa prochaine livraison.

— Excusez-la, tente d'expliquer Wendy. Son doudou est parti faire un tour sur un scooter comme le vôtre.

Le livreur regarde ces hurluberlues avec des yeux ronds. Marine sort alors une photo où elle pose tout sourire avec Puduk et la fourre sous le nez du livreur.

— Vous l'avez pas vu ? Il ressemble à ça. Vous voyez, la blonde c'est moi. Puduk, c'est l'autre !

— Nan, mais n'importe quoi, hallucine le livreur en se baissant pour ramasser les boîtes de sushis éparpillées. Je m'en fiche de votre histoire de peluche. Il faut vous faire soigner !

Il récupère un à un les sushis sur le trottoir et les remet comme il peut dans les boîtes. Les clients ne s'apercevront de rien de toute façon, vu que ces sushis-là sont absolument infects, même quand ils sont frais. Il pose la main sur la dernière boîte quand elle émet un grognement. Il tire dessus et s'aperçoit que la boîte n'y est pas pour grand-chose, vu que les grognements proviennent du petit chien des foldingues qui la tient fermement dans la gueule et qu'il n'entend pas la laisser partir.

Le livreur secoue la boîte, fait lâcher la proie au chien et jette les sushis bien abîmés dans le coffre de son scooter. Il grimpe sur son véhicule et démarre en trombe sans oublier de crier un dernier « Bande de malades » aux Sisters.

— Fausse piste ! constate Wendy en faisant les gros yeux à Darwin une fois que le livreur a disparu. Et toi, c'est pas bien ! Tu penses qu'à manger ! T'es un vilain chien !

Darwin gémit en baissant le museau. Il était pourtant persuadé que le doudou était bien dans ce coffre. Mais bon, faut dire aussi que Puduk, il sent vachement le poisson pourri. Y a quand même de quoi se tromper. Même pour un petit chien avec un flair aussi parfait que le sien.

— C'est pas que de sa faute, non plus, intervient Marine pour prendre la défense de son Darwin adoré. Si t'avais pas invité ton nullos de namoureux à la maison, tout ça, ça serait pas arrivé !

Comme la plupart du temps, le ton monte instantanément entre les deux Sisters. Elles commencent à se chamailler sous le regard impuissant de Maxence. L'une reproche à l'autre de laisser traîner ses doudous partout, quand l'autre n'en démord pas que la vie serait plus simple si elle jouait pas tout le temps à la chef. Oui, mais faut bien une chef, sinon ce serait trois bêtises à la seconde, explique la première. 'Porte quoi, rétorque la seconde dans la seconde, elle n'arriverait pas

à en faire trois, vu que deux c'est déjà vachement difficile.

Au bout de longues minutes de règlements de comptes, Maxence tapote l'épaule de sa chérie du bout du doigt.

Aussitôt, Wendy fait volte-face et reporte sa colère sur son amoureux.

— Quoi ? Kestuveuxtoi, crache-t-elle. Tu vois pas que je suis occupée à me prendre la tête avec ma Sister ?

— Si, mais…

— Mais quoi ? grogne Marine, sur le même ton que sa Sister.

— Ben… tente d'expliquer Maxence. C'est juste que… le chien n'est plus là !

Les deux Sisters jettent des regards effrayés autour d'elles. Mais elles ont beau scruter le paysage, il faut se rendre à l'évidence : Darwin a disparu.

6 - À la recherche du Darwin perdu

La panique a envahi Wendy et Marine. C'est impossible, elles ont perdu le chien de Papi et Mamie. Ils vont en être malades, vu qu'ils y tiennent, à leur Darwin, même s'il ne fait que des bêtises. Maintenant, il va falloir qu'elles le retrouvent rapidement si elles ne veulent pas être punies pour les dix années qui viennent par Papa et Maman.

Accompagnées de Maxence, elles fouillent toute la ville en appelant le petit chien de toutes leurs forces. Chaque recoin de Pom-les-Bains y passe, du skatepark à la rue des Églantines, des abords de la piscine à la salle des fêtes municipale. Mais Darwin est introuvable.

Essoufflée et désemparée, la voix éraillée à force d'avoir hurlé le nom du chien, Wendy fait une pause contre un poteau. Aussi rouges qu'elle, Maxence et Marine la rejoignent à bout de souffle.

— Alors là, on est mal, soupire Wendy en essuyant les grosses gouttes de transpiration qui lui coulent le long des tempes.

— Franchement, il est pas cool, Darwin. Il nous a sûrement laissé tomber pour aller se goinfrer, réfléchit Marine à haute voix.

À moitié plié en deux pour reprendre son souffle, Maxence se relève soudain. Il semble avoir une idée. Il se met à renifler l'air avec délectation.

— Mais ouais, t'as raison, Marine. Il a dû se trouver à manger. Et moi, quand je veux me goinfrer, je connais le meilleur endroit. De la bouffe, je sais où il y en a !

Comme le ferait Darwin, Maxence part à bride abattue en suivant une piste olfactive que lui seul est capable de détecter.

— Au centre commercial ! crie-t-il aux Sisters qui se regardent ébahies.

— Il est quand même bizarre, ton namoureux !

— Ouais, hein ! Il est trop fort, mon Maxou !

Elles se lancent à la poursuite de Maxence, espérant qu'il sera plus efficace pour retrouver une trace que le petit chien de Mamie et Papi.

Après une course effrénée de plusieurs centaines de mètres, les Sisters et Maxence déboulent devant le fast-food du centre commercial. Tels des enquêteurs de série télévisée, ils inspectent les lieux, regardent sous les tables.

Pourtant Darwin n'est nulle part. La seule chose qu'ils trouvent, ce sont les regards exaspérés des clients qui n'aiment pas être dérangés alors qu'ils se délectent de hamburgers dégoulinants de sauce ou bien les cris désapprobateurs d'un chat dans une poubelle occupé à finir des restes à l'odeur dégoûtante.

Au comble du désespoir, Wendy s'imagine déjà en train d'expliquer la situation à ses

grands-parents. Elle essaie de trouver toutes les excuses qui lui permettraient d'échapper à leur courroux.

Soudain, Marine pousse un cri.

— Il est là-bas !

Wendy sort de son inventaire d'excuses et découvre un peu plus loin Darwin en train de haleter devant une petite fille assise sur un banc. La gamine déguste une glace et semble agacée par ce gourmand à quatre pattes qui lui chiperait bien son cornet vanille-pistache.

— Fiche-moi la paix, vilain chien ! s'exclame-t-elle en s'éloignant.

Téléguidé par son estomac, Darwin la suit mécaniquement, la bave aux lèvres. Après les cookies et les sushis, c'est décidé, cette fois, on ne lui enlèvera pas son dessert ! Mais Wendy vient le tirer de ses rêveries gustatives en le soulevant de terre pour le serrer dans ses bras.

— Mon Darwin ! Même si t'es pas terrible comme chien policier, je suis quand même contente de te retrouver, le cajole-t-elle.

— Attends, il est pas si nul que ça, le clébard, s'écrie alors Maxence en désignant une forme familière sous le banc.

Il se penche et récupère ce qui ressemble à une peluche tout élimée avec de grandes oreilles et une tête de doudou qui ne doit pas sentir très bon.

— Mon Puduk ! hurle de joie Marine.

Elle n'en croit pas ses yeux et se précipite pour l'arracher des mains de Maxence. Elle le sert contre elle, elle l'embrasse et le renifle sous toutes les coutures. Enfin, elle vient de retrouver son doudou préféré de la terre entière et même de la lune, des étoiles et de l'univers.

7 - Pizzas ou sushis ?

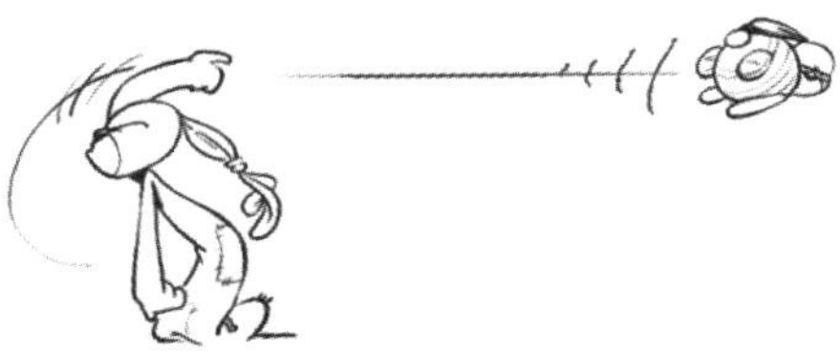

Snif, snif ! C'est quand même bizarre, ça. Puduk ressemble à Puduk. Il a les mêmes oreilles, il a la même tête, mais… il ne sent pas pareil. Celui-là, il sent la bave d'enfant séchée alors que celui de Marine a une délicieuse odeur de pieds.

La tornade blonde tend soudain la peluche à bout de bras.

— C'est pas mon Puduk. Çui-là, il pue tout court !

— C'est mon doudou ! 'Spèce de voleuse ! grogne une voix de petite fille.

La gamine au cornet de glace avance vers Marine d'un pas décidé et lui chipe le doudou des mains.

— Décidément, y a pas que le chien qui pique les choses des autres !

En passant de la joie la plus extrême en pensant avoir retrouvé son Puduk au désespoir le plus complet, Marine vient de prendre un voyage gratuit dans le grand ascenseur émotionnel.

— Je le retrouverai jamais, soupire-t-elle.

Wendy et Maxence l'entourent et lui posent chacun une main réconfortante sur l'épaule. La petite fille au cornet de glace lui fait un pied de nez, lui tire la langue et cajole son doudou avant de disparaître en courant.

— Salut les Sisters, les interpelle alors Sammie en dépassant la gamine qui déguerpit. Vous en faites une drôle de tête ! Qu'est-ce qui vous arrive ?

— On est dans une galère de doudou !

La meilleure amie de Wendy jette un œil à la gamine au cornet de glace qui s'éloigne.

— C'est marrant, je viens de voir un doudou qui ressemblait à celui de la petite là-bas. Il dépassait à l'arrière d'un scooter de livraison… C'était vachement bizarre !

Wendy, Maxence et Marine se collent aussitôt à Sammie avec dans les yeux plus d'espoir que dans ceux des enfants le matin de Noël quand ils attendent d'ouvrir leurs cadeaux.

— Pizzas ou sushis ?

— Hein ? Quoi, pizzas ou sushis ?

— Le livreur ? s'empresse Wendy. Il livrait des pizzas ou des sushis ?

— Euh… ben des pizzas !

— Laquelle ? demande précipitamment Marine. Pizza 3000 ?

— Pizza Express ? enchaîne Wendy.

— Giga Pizza, renchérit Maxence.

— Désolée, j'en sais rien, se défend Sammie sans vraiment savoir pourquoi les trois lui assènent ce flot ininterrompu de questions.

Marine s'éloigne, faisant tourner son cerveau à plein régime. Elle a la solution, elle en est sûre. Elle est cachée dans les boyaux de son cerveau. Il suffit qu'elle la formule correctement. Ça y est !

— C'est pas grave, Sammie. T'es quand même une génisse ! Il nous reste qu'à rentrer à la maison pour appeler toutes les pizzerias de la ville pour commander des pizzas.

Wendy et Maxence regardent la petite tornade blonde, étonnés qu'un plan ait pu germer sous ses bouclettes. Darwin frétille de la queue et halète. Lui est d'accord avec Marine. En plus, il y aura plein de pizzas à manger.

— Mais oui, explique alors Marine, puisque personne n'a l'air de comprendre ce qu'elle a en tête. Le livreur qui a kinapté mon doudou finira bien par venir.

Effectivement, peu de temps après, un scooter s'arrête devant la maison des Sisters. L'homme en combinaison descend de son véhicule, s'empare d'un carton dans son coffre et entre dans le jardin pour aller sonner à la porte.

Maxence et Wendy lui ouvrent avec empressement.

— Une pizza quatre saisons avec supplément cassoulet, c'est bien ici ?

— Oui oui, c'est pour nous, dit Wendy en s'emparant du carton et en le tendant à Maxence.

À l'extérieur, Marine en profite pour grimper sur le scooter et commence à en fouiller le coffre. Mais il faut bien se rendre à l'évidence, Puduk n'y est pas. Elle fait non de la tête à l'attention de sa Sister et, triste comme une pierre, elle redescend du deux-roues.

— Bon appétit et surtout bon courage avec le cassoulet, fait le livreur en repartant.

Maxence emporte la pizza dans la cuisine alors que Wendy dégaine son portable pour appeler une nouvelle pizzeria.

— Allô, Pizza Tony ? Bonsoir, ce serait pour une livraison, s'il vous plaît ?

L'enquête ne fait que commencer, tout comme le ballet incessant des scooters de livraison.

8 - Overdose de pizzas

Dans la rue des Sisters, les scooters se croisent au rythme des commandes de Wendy. À chaque fois, Maxence récupère le carton, s'attable à la cuisine et partage la pizza avec Darwin pendant que Wendy discute avec le livreur pour l'occuper et que Marine fouille le coffre pour trouver Puduk. Le manège est toujours le même, bien huilé.

— Wendy ? Pour la prochaine commande, tu peux prendre une napolitaine ? Parce que je commence à en avoir marre des quatre saisons, crie Maxence en laissant tomber un dixième carton de pizza à ses pieds.

Darwin pousse un jappement joyeux. Lui aussi aimerait bien changer de parfum de pizza.

— Pas de problème, répond Wendy.

Elle appelle une autre pizzeria, alors qu'un nouveau livreur gare déjà son scooter devant l'entrée du jardin. Mais, une fois de plus, si la pizza est bien garnie et a l'air succulente, le coffre, lui, est complètement vide.

Dans la cuisine, les cartons s'accumulent. Darwin et Maxence s'empiffrent avec joie et délectation, alors qu'à l'extérieur Marine est de plus en plus triste. Depuis plusieurs heures que les livreurs défilent, elle ne trouve aucune trace de Puduk. Il faut qu'elle se rende à l'évidence, son doudou est définitivement perdu.

— Encore combien ? demande tristement Marine à sa sœur alors qu'un énième scooter s'éloigne et que Maxence s'engouffre une nouvelle fois dans la maison, une napolitaine à la main.

— Plus qu'une ! répond Wendy, désolée. Après celle-là, on aura appelé toutes les pizzerias de la ville.

— Alors, je retrouverai jamais mon Puduk, se désespère Marine en fondant en larmes.

Wendy se précipite pour la prendre dans ses bras. Elle lui chuchote à l'oreille que tout se passera bien, qu'elle va grandir et que Puduk deviendra un bon souvenir, qu'elle y pensera parfois avec un petit pincement au cœur, mais que la vie c'est comme ça. Ça s'appelle grandir.

Mais Marine a bien du mal à l'écouter. Elle renifle de grands coups et des grands sanglots l'empêchent de voir sa vie future de petite fille sans son doudou préféré.

Un bruit de moteur parvient alors de la rue quand le dernier scooter se gare devant le portail. Le livreur descend de son deux-roues, ouvre le coffre et en sort une pizza, sans se rendre compte qu'un lapin en peluche, coincé entre deux boîtes en carton, tombe dans le caniveau.

— C'est ici, la napolitaine ? demande le livreur.

La bouche pleine, Maxence vient chercher la commande et disparaît aussi vite qu'il est apparu dans la cuisine.

— Allez, va voir, glisse Wendy à l'oreille de Marine, sans grand espoir.

La petite blondinette se précipite vers le scooter. Elle regarde dans le coffre. Rien. Les yeux pleins de larmes, elle ne remarque pas que Puduk gît à côté de la roue arrière, les oreilles dans le caniveau. Tristement, elle fait non de la tête et revient se blottir dans les bras de sa Sister.

Après avoir encaissé sa course, et ne sachant pas trop quoi dire à ces deux gamines tristes

comme des pierres à l'idée de manger une pizza, le livreur remonte sur son scooter et disparaît au bout de la rue pour honorer d'autres livraisons.

Quelques instants plus tard, la voiture de Papa et Maman se gare le long de la haie. Maman descend et pose le pied sur Puduk. Surprise, elle le ramasse et le montre à Papa qui a l'air aussi surpris qu'elle. Qu'est-ce que cette peluche peut bien faire dans la rue, quand on sait à quel point Marine y tient ?

Les parents découvrent alors, pour une des rares fois de leur vie, leurs deux filles blotties l'une contre l'autre, assises sur les marches du perron.

— Je suis sûre qu'une petite fille aussi mignonne que toi l'a trouvé et qu'elle va très bien s'occuper de lui, dit Wendy, la voix calme, à sa petite sœur qui renifle.

— Aussi mignonne que moi ? Ça existe pas !

Papa et Maman s'approchent des deux Sisters. Maman exhibe Puduk en disant :

— Ça y est, Marine ? Tu t'es enfin décidée à te débarrasser de ton doudou ?

— Ça veut dire que tu es une grande fille, maintenant, enchaîne Papa.

Les deux Sisters sont ébahies. Marine se lève et se précipite pour arracher Puduk des mains de sa mère. Elle serre son doudou dans ses bras, nettoyant sa peluche de ses larmes.

— Mon Puduk ! C'est vraiment toi ? Je te laisserai plus jamais jamais de ma vie !

Maman jette un regard à Papa. Finalement, ce ne sera pas pour cette fois que leur petite dernière deviendra une grande fille.

Soudain, une odeur agréable vient chatouiller les narines des parents.

— Vous avez commandé une pizza, les filles ? demande Maman.

— Euh… ben… juste une petite, balbutie Wendy.

— 78, Wendy ! hurle Maxence de la cuisine. J'ai mangé 78 pizzas ! Champion du monde !

Les parents sont stupéfaits et se précipitent dans la maison. La cuisine est un chantier indescriptible où d'innombrables boîtes de pizza vides jonchent le sol.

— Bon, faut avouer que Darwin m'a un peu aidé, continue Maxence encore tout à son record.

Les parents ouvrent de grands yeux en remarquant Darwin qui ronfle sur la table. Le petit chien a le ventre gonflé comme un ballon et il émet des petits grognements qui ne laissent aucun doute sur le fait qu'il a un peu du mal à digérer.

Maman le soulève et le soupèse. Le chien ouvre un œil et se rendort aussitôt.

— Qu'est-ce que vous lui avez fait ? s'écrie Maman. Il a pris au moins cinq kilos !

— 78 pizzas ?! s'emporte alors Papa. Mais comment vous avez payé tout ça ?

— Bah, euh… avoue Wendy avec un sourire crispé, on a utilisé ta carte bancaire.

— Bien obligées, hein ! explique Marine en câlinant son lapin en peluche. Fallait bien retrouver Puduk. Et il a pas de prix !

La poubelle croule sous les cartons de pizza. Marine dépose un dernier sac après qu'elle et Wendy ont lavé la cuisine de fond en comble, essuyé une dispute d'anthologie et récupéré une belle punition : privées d'argent de poche pendant trois semaines et obligées de rendre la ligne à Darwin. Ça, ça risque d'être le plus compliqué !

— Allez, viens Darwin ! Fais un effort ! grogne Wendy au chien qui se traîne au bout de sa laisse.

La langue pendante, le ventre toujours aussi gonflé, le chien fait trois pas puis s'écrase sur le trottoir et attend que Wendy le fasse glisser.

Marine a soudain une idée. Elle fouille dans un carton et en sort une part de pizza qui a échappé aux mâchoires de Maxence. Elle l'agite sous la truffe de Darwin qui ouvre alors un œil intéressé. S'il reste encore à manger, il trouvera bien une place dans son estomac. Il lui semble d'ailleurs qu'il lui en reste une petite au fond à gauche.

— C'est pour qui, ça, hein ? Ça a l'air bon, non ? l'attire Marine.

Le chien essaie d'attraper la part de pizza, même si faire des efforts lui coûte un peu.

— Mais arrête, Marine, s'énerve Wendy. C'est pas comme ça qu'il va retrouver la ligne. Quand Mamie va venir, elle va vouloir récupérer un chien, pas un ballon de foot !

Darwin fait un petit saut et dévore le morceau de pizza. Il a retrouvé toute son énergie. Il s'assoit sur ses pattes arrière et regarde Marine en frétillant de la queue.

— Alors, tu vois bien que ça marche, sourit Marine en narguant sa sœur. Allez, commande d'autres pizzas, sinon il avancera pas.

Wendy lève les yeux au ciel.

— N'importe quoi ! Tu m'aides pas du tout, Marine ! Allez, viens, Darwin ! Fais un effort !

Le chien se recouche sur le trottoir. Marine a un petit sourire narquois sur le visage, l'air de dire à sa sœur que sans sa technique de la pizza, le chien ne bougera plus d'un pouce.

— Bon, t'as gagné, Darwin, je te porte !

TABLE DES MATIÈRES

La cuisine des Sisters

En compagnie des Sisters, apprends à préparer facilement de délicieuses recettes !

- 11 recettes originales
- des planches de BD
- des conseils de cuisine

Les Toutous des Sisters

Découvre 11 races de chiens au poil !

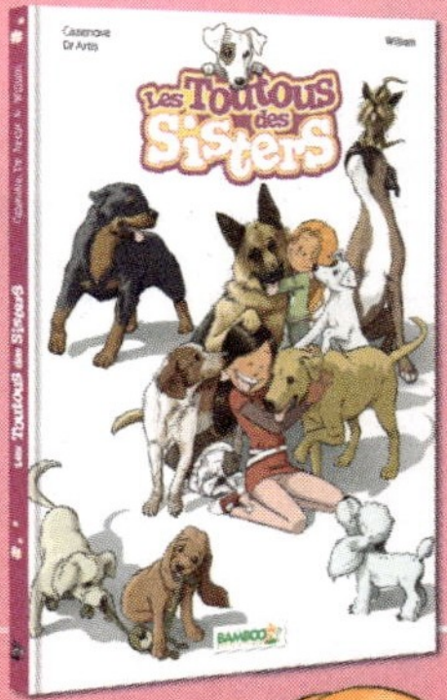

Les Sisters Mode d'emploi

Retrouve l'univers des *Sisters* dans un guide illustré !

Les Super Sisters

Les aventures délirantes de Wendy et Marine dans des mondes imaginaires.

2 tomes disponibles